鳥羽 亮

茜色の橋

剣客旗本奮闘記

実業之日本社

実業之日本社文庫

茜色の橋　剣客旗本奮闘記　目次

第一章　籠手《こて》突き

1

十六夜《いざよい》の月が出ていた。風のない清夜である。神田川《かんだがわ》の流れの音が、岸辺からさらさらと笹の葉が風にそよいででもいるかのように聞こえてくる。

五ツ（午後八時）を過ぎていた。神田川沿いの通りはひっそりとして、ときおり酔客や夜鷹《よたか》らしい女が通りかかるだけで、ほとんど人影はなかった。通り沿いの店《たな》は表戸をしめ、洩れてくる灯《ひ》もなく、夜の帳《とばり》のなかに沈んでいる。

神田川にかかる和泉《いずみ》橋のたもとちかくにふたつの黒い人影があった。武士らしく、ふたりとも二刀を帯びていた。ふたりは、神田川沿いの通りを筋違御門《すじかいごもん》の方へむかって足早に歩いてくる。

ふたりとも、提灯《ちょうちん》は手にしていなかった。月夜なので、提灯はなくとも歩けたのである。月光を浴びて、ふたりの影が足元に落ち、地面に伸びたまま後を追ってくる。

ひとりは三十がらみと思われる武士で、黒羽織に袴《はかま》姿だった。もうひとりはすこし若く、二十二、三であろうか。小袖に袴姿である。

「佐久《さく》さま、すこし遅くなりました」

若い武士が、歩きながら声をかけた。

「そうだな。……それにしても、話にならんな。このままでは、殿さまは立ち行かなくなるぞ」

三十がらみの武士が、渋い顔をして言った。

ふたりの身装《みなり》とやり取りからみて、佐久と呼ばれた武士の方が身分は上のようだ。主従ではないらしいので、大名か大身《たいしん》の旗本の家士であろうか。

そのとき、若い武士が前方を指差しながら、

「柳の樹陰に、だれかいます」

と、声をひそめて言った。

見ると、路傍《ろぼう》に植えられた柳の樹陰に黒い人影がある。ただ、樹陰は闇が濃く、

かすかに人影が識別できるだけで、男女の区別さえつかない。

「いまごろ、木陰に立っているとなれば、夜鷹か、辻斬りであろうな」

佐久は、平然として言った。

腕に覚えがあるらしく、怯《おび》えや恐怖の色はなかった。武士は中背で胸が厚く、どっしりと腰が据《す》わっていた。眉《まゆ》が濃く、武辺者《ぶへんもの》らしい面構《つらがま》えである。

「刀を差しています」

「そのようだな」

「辻斬りですかね」

若い武士の物言いも、平静だった。こちらも、遣《つか》い手《て》なのかもしれない。

そのとき、樹陰の武士がゆっくりと通りへ出て来た。月光に浮かび上がった姿は、大柄な武士だった。羽織袴姿で二刀を帯びている。

「恐れることはない。いずれにしろ、相手はひとりだ」

佐久が言った。

佐久と若い武士は、歩調も変えずに歩いていく。

前方の武士は、通りのなかほどに立っていた。覆面で顔をおおっているらしい。顔のあたりが、黒い塊《かたまり》のように見えた。

「もうひとりいる」

ふいに、若い武士が足をとめ、

「そこの軒下《のきした》に」

と言って、通り沿いの表店を指差した。声に昂《たかぶ》ったひびきがくわわった。ただの辻斬りではない、と察知したのかもしれない。

軒下の人影は近かった。佐久たちと、五、六間（九〜一〇・八メートル）しか離れていない。ただ、男らしい人影が動くのが分かるだけで、町人なのか武士なのかはっきりしない。表店の軒下闇《やみ》に張り付くようにして身をひそめている。

「武士だ！」

佐久が声を大きくした。

そのとき、軒下の人影が通りに出てきた。小袖に袴姿で、大刀を一本だけ落とし差しにしていた。顔を黒頭巾《くろずきん》でおおっている。大刀を落とし差しにしていることからみて、牢人かもしれない。

牢人体《てい》の男は、ゆっくりとした足取りで近付いてきた。痩身だが、肩幅がひろく、どっしりとした腰をしていた。歩く姿に隙《すき》がなく、身辺には異様な殺気があった。遣い手のようである。

「向こうからも、来ます！」

若い武士が、声を上げた。

樹陰に身を隠していた武士が、小走りになった。佐久たちの方へ近付いてくる。

「山尾《やまお》、やるしかないぞ」

そう言うと、佐久は左手で刀の鯉口《こいぐち》を切り、右手を刀の柄《つか》に添えた。若い武士は、山尾という名らしい。

「心得ました」

すかさず、山尾が抜刀体勢をとった。

佐久と山尾に、臆した様子はなかった。近付いてくるふたりの男にむけられた双眸《そうぼう》が、鋭いひかりを放っている。

ふたりの男は、佐久たちから四間ほどの間合をとって足をとめた。そして、ゆっくりとまわり込み、佐久の前に牢人体の男が立ち、大柄な武士が山尾と対峙《たいじ》した。ふたりの男は、抜刀体勢をとっていなかった。両腕を脇に垂らしたままである。

「何者だ！」

佐久が鋭い声で誰何《すいか》した。

「辻斬り……」

牢人がくぐもった声で言い、左手を刀の鍔元《つばもと》に添えて鯉口を切った。

すると、大柄な武士も、抜刀体勢をとった。隙のない身構えである。

「ふたりとも辻斬りか！」

言いざま、佐久が抜きはなった。

つづいて、山尾が抜刀した。ふたりの刀身が、月光を反射《はね》た。闇のなかで、刀身が銀色《しろがねいろ》に浮き上がったように見える。

「問答無用」

大柄な武士が刀を抜き、山尾に切っ先をむけた。

牢人も、無言のまま刀を抜いた。佐久にむけられた双眸が、夜禽《やきん》のように底びかりしている。

「うぬら、川上《かわかみ》の手の者だな」

佐久が訊《き》いたが、牢人は答えなかった。

「やむをえぬ」

佐久は青眼《せいがん》に構え切っ先を牢人にむけた。腰の据わったどっしりした構えで、切っ先がピタリと牢人の喉元《のどもと》につけられている。

牢人も青眼に構えた。ただ、切っ先が低く、佐久の胸のあたりにつけられていた。

しかも、やや腰を沈めている。

……狙《ねら》いは突きか！

と、佐久は思った。

牢人の切っ先に、そのまま佐久の胸を突いてくるような気配があったのだ。

一方、山尾は八相《はっそう》に構えていた。刀身を垂直に立てた大きな構えである。

山尾と相対した大柄な武士は、青眼だった。切っ先は、山尾の喉元につけられていた。腰が据わり、背筋が伸びている。隙のない青眼の構えである。

2

佐久と牢人の間合は、およそ三間半。夜陰のなかで、ふたりの刀身が銀蛇《ぎんだ》のようにひかっている。

牢人が趾《あしゆび》を這《は》うようにさせて、ジリジリと間合をせばめてくる。

……手練《てだれ》だ！

そう思ったとき、佐久の全身に鳥肌が立った。

牢人の切っ先は生きているようだった。佐久の目に、月光ににぶくひかる切っ先が、獲物を狙う蛇頭《じゃとう》のように映った。

佐久の剣尖《けんせん》が揺れた。両足がしっかり地についていない感覚にとらわれた。恐怖で、腰が浮いているのである。

イヤアッ！

突如、佐久が裂帛《れっぱく》の気合を発した。気当《きあ》てである。鋭い気合を発することで、己《おのれ》の恐怖心を払拭するとともに、牢人の寄り身をとめようとしたのだ。

だが、牢人はすこしも動じなかった。切っ先を佐久の胸につけたまま、すこしずつ間合をせばめてくる。

間合がつまるにつれ、牢人の全身に気勢が満ち、斬撃《ざんげき》の気がみなぎってきた。剣尖に、下から突き上げてくるような威圧がある。

……突きなら、上からたたけばいい。

佐久は頭のどこかで思い、やや剣尖を上げた。

その一瞬、牢人がすばやい足捌《さば》きで間合をつめ、一気に斬撃の間境《まざかい》に踏み込んだ。刹那《せつな》、牢人の全身に斬撃の気がはしり、佐久の目に牢人の体が膨《ふく》れ上がったように見えた。

……来る！

と察知した佐久は、わずかに刀身を振り上げた。

つ、と牢人の切っ先が前に伸びた。

間髪《かんはつ》をいれず、佐久が、
タアッ！

と、短い気合を発し、刀身を振り下ろした。牢人の突きをたたき落とそうとしたのである。

だが、佐久の切っ先は空《くう》を切った。

次の瞬間、佐久の右手の甲《こう》に焼《や》き鏝《ごて》をあてられたような衝撃がはしり、手にした刀が足元に落ちた。

佐久が、籠手《こて》を斬られたことを感知した瞬間、喉元に稲妻のような閃光《せんこう》がはしった。

籠手から喉へ。一瞬の二段突きである。

……喉を突かれた！

と、佐久が頭のどこかで思ったとき、喉元から熱い飛沫《しぶき》が奔騰《ほんとう》した。血が噴《ふ》いたのである。

佐久の意識があったのは、そこまでだった。悲鳴も呻《うめ》き声をも上げなかった。佐久は血を撒《ま》きながら、夜陰のなかに沈むように転倒した。

一瞬一合《いちごう》の勝負であった。


このとき、山尾は八相に構え、大柄な武士と相対していた。大柄な武士の構えは、青眼である。すでにふたりは一合していたが、血の色はなかった。山尾の着物の肩先が、わずかに裂《さ》けているだけである。

佐久を斃《たお》した牢人が、ゆっくりとした足取りで大柄な武士の脇に歩み寄り、切っ先を山尾にむけようとした。

すると、大柄な武士が、

「助太刀《すけだち》、無用」

と、強いひびきのある声で言った。山尾を斬る自信があるらしい。

牢人は目を細めただけで、何も言わず、後じさった。覆面で顔は見えなかったが、笑ったのかもしれない。

「いくぞ！」

大柄な武士が、山尾との間合をつめ始めた。

「おお！」

山尾は八相に構えた刀身を垂直に立て、切っ先で天空を突くように高くとった。月光を反射《はね》た刀身が、夜陰のなかに青白い光芒《こうぼう》のようにつっ立っている。

大柄な武士が足裏を摺《す》るようにして、山尾との間合をつめていく。

山尾は、武士の剣尖が眼前に迫ってくるような威圧を感じた。同時に、武士の体が切っ先の向こうに遠ざかったように感じた。剣尖の威圧で、相手が遠ざかったように見えるのだ。

ふいに、武士の寄り身がとまった。右足が、一足一刀の間境にかかっている。武士の全身に気勢が満ち、切っ先に斬撃の気配がみなぎってきた。気攻《きぜ》めである。

山尾も気魄《きはく》で攻め、武士の気攻めに耐えた。

気の攻防である。

フッ、と武士の剣尖が下がった。一瞬、気を抜いたのである。誘いだった。

次の瞬間、山尾の全身に斬撃の気がはしった。武士の誘いに乗ったのである。

タアアッ！

山尾が裂帛の気合を発して、斬り込んだ。

八相から袈裟《けさ》へ。鋭い斬撃である。

間髪をいれず、武士が反応した。刀身をわずかに振り上げて横に払った。

キーン、という甲高《かんだか》い金属音がひびき、青火が散って、山尾の刀身がはじかれた。武士は、山尾の太刀筋《たちすじ》を読んでいて、袈裟への斬撃を払ったのだ。

山尾の体が前に泳いだ。刀身を払われ、体勢がくずれたのである。

「もらった！」

叫びざま、武士が斬り込んだ。

刀身を振り上げざま袈裟へ。一瞬の太刀捌きである。

ザクッ、と山尾の着物の肩先が裂け、あらわになった肌に血の線が浮いた。次の瞬間、傷口から血が噴いた。

山尾は、獣《けもの》の唸《うな》るような声を上げてよろめいた。

すかさず、武士が脇から踏み込み、刀身を袈裟に一閃させた。

にぶい骨音がし、山尾の首が前にかしいだ。瞬間、首筋から血が驟雨《しゅうう》のように飛び散った。武士の切っ先が山尾の首の血管《ちくだ》を斬ったのである。

山尾は血を噴出させながらよろめき、路傍の草に足をとられ、つんのめるように前に倒れた。

叢《くさむら》に伏臥《ふくが》した山尾は、立ち上がろうとして手足を動かしたが、身を起こすことはできなかった。もそもそと身をよじらせただけである。いっときすると、山尾は動かなくなった。絶命したようだ。

山尾の首根から流れ出る血が、カサカサと音を立てて叢を揺らしていた。虫でも這っているような音である。

「長居は無用」

武士が言った。

ふたりは倒れている山尾のたもとで刀身の血をぬぐうと、納刀して足早に歩きだした。神田川沿いの通りは静寂をとりもどし、青磁《せいじ》色の月光が辺《あた》りをつつんでいる。神田川の軽やかな流れの音が聞こえてきた。凄絶《せいぜつ》な斬り合いを物語るのは、夜陰のなかにただよっている血の匂いだけである。

3

庭の新緑が初夏の陽射《ひざ》しを浴びて、燃え立つようにかがやいていた。熊蜂《くまばち》が柿の葉叢《はむら》の間を飛びまわっていた。翅音《はおと》が、低い唸り声のように聞こえてくる。蜜を求めて、藤の花でも探しているのであろうか。

いっときすると、熊蜂はにぶい翅音を残して、蒼穹《そうきゅう》に飛び去った。庭には、蜂が喜ぶような花は咲いていなかったのである。

青井市之介《あおいいちのすけ》は縁先で胡座《あぐら》をかいて、庭を眺めていた。

朝餉《あさげ》の後、市之介が居間でぼんやりしていると、めずらしく、母親のつるが、

「市之介、いい陽気ですよ。茶でも淹《い》れましょう」

と、声をかけたのだ。

それで、市之介は縁先に出て、つるが茶を淹れてくれるのを待っていたのである。

市之介は二十四歳、まだ独り身《ひとりみ》である。二百石の旗本の当主だが、非役で暇を持て余していた。

「アアア……。また、眠くなってきたな」

市之介は両手を突き上げ、大口をあけて欠伸《あくび》をした。

市之介は面長《おもなが》で、鼻筋がとおっていた。なかなかの男前だが、どことなく間の抜けたような雰囲気がある。目尻が下がっているせいかもしれない。その目尻がよけい下がり、瞼《まぶた》がいまにもとじそうである。

そのとき、障子《しょうじ》のあく音がし、つるが茶道具を持って入ってきた。ふだん、つるが茶を淹れることなどなかった。いつも、青井家の通いの女中であるお春《はる》が淹れていたのだ。つるも、暇を持て余しているにちがいない。

つるは、市之介のそばに膝を折ると、ゆっくりとした動作で急須の茶を湯飲みにつぎ始めた。ほっそりした白い指である。

つるは名前のとおり、色白で鶴のように痩《や》せていた。面長で首が細く、鼻筋がとおっていた。それでも、顔の造作は市之介とよく似ている。やはり、母子《おやこ》である。

つるの物言いはやわらかく、ひどくおっとりしていた。細い眉やちいさな唇には、身分の高い武家の妻らしい﨟《ろう》たけた感じがある。三年前、夫の四郎兵衛《しろべえ》が亡《な》くなり、いまは寡婦《かふ》であった。

つるの実家は、千石を喰《は》む大身の旗本だった。父親の大草与左衛門《おおくさよざえもん》は御側衆まで栄進し、幕閣の中核をなした男である。御側衆の役高は五千石で、当時、大草家には六千石の実入りがあったのだ。

つるは与左衛門の三女に生れ、大家で何不自由なく育てられた。そのせいもあってか、おっとりした性格で、物言いはやわらかかった。

「茶が、はいりましたよ」

つるは、市之介の膝先に湯飲みを置いた。

「母上に淹れてもらった茶の味は、格別でございましょう」

そう言って、市之介が湯飲みを手にしたとき、また障子があいた。

縁側に顔を出したのは、妹の佳乃《よしの》である。

「兄上、どこかへお出かけですか」

佳乃は、市之介の脇に膝を折るなり訊いた。

「いや、どこにも行くつもりはないが」

「こんないい日和《ひより》なのに、家にいるのですか」

佳乃は驚いたような顔をした。

すると、つるが、

「そうですよ。家にいるのは、もったいないような日和です。……亀戸《かめいど》天神の藤が見頃でしょうかねえ」

と、間延びした声で言った。

「あ、兄上、行きましょう、亀戸天神に」

佳乃が声をつまらせ、身を乗り出して言った。

佳乃は、まだ十五歳だった。ふっくらした色白の頬に黒目がちの眼、ぽっちゃりした可愛い顔をしている。母親のつるとはちがって、肉置《ししお》きは豊かだった。それに、性格も母親とはちがって、おきゃんで少々慌《あわ》て者である。

亀戸天神は、江戸でも名の知れた藤の名所だった。亀戸天神の池の周囲を散策しながら藤棚を愛《め》でたり、池にかかった太鼓橋《たいこ》から眺めたりするのである。

「亀戸天神な」

市之介は気のない返事をした。いくら暇でも、つると佳乃を連れて亀戸天神まで行く気にはなれなかった。

「兄上、すぐに支度しましょう」

そう言って、佳乃が腰を上げようとしたときだった。

庭の脇から走り寄る足音がし、庭木の新緑の下から茂吉《もきち》が姿をあらわした。茂吉は父親の代から青井家に奉公している中間《ちゅうげん》である。

茂吉は五十がらみ、小太りの短軀《たんく》で、猪首《いくび》。体の割に、妙に顔が大きかった。げじげじ眉のいかつい顔の主だが、心根はやさしい。

「だ、旦那さま、大変です」

茂吉が声をつまらせて言った。大きな顔が紅潮して赭黒《あかぐろ》く染《そ》まっている。走ってきたようだ。

「どうした、茂吉」

市之介が訊いた。

「神田川沿いの道で、ふたりも殺されていやす」

「な、なに、ふたりもか」

市之介が声を上げ、腰を浮かせた。

腹のなかでは、何人殺されていようが、おれの知ったことではない、と思ったが、亀戸天神へ行かずに済むかもしれないのだ。

「へい、それも、お武家さまのようで」

茂吉が、目を瞠《みひら》いて言った。

茂吉も人殺しとは何のかかわりもないはずだが、興奮している。でしゃばりで、お節介やきなのだ。

「それは大変だ。母上、佳乃、聞いたとおりだ。おれは、これから出かけねばならん」

市之介が立ち上がった。

「市之介、おまえと何かかかわりがあるのかい」

つるが、おっとりした声で訊いた。

「行ってみねば、分かりません。ですが、武士がふたり殺されているとなると、放ってはおけません」

市之介が語気を強くして言った。放っておいてもいいのだが、つると佳乃のお供で亀戸まで出かけるより、茂吉と出かける方が気楽である。

「仕方ないねえ。市之介、行っておいで。……佳乃、亀戸天神の藤は、またにしましょうかね」

つるは、佳乃に顔をむけて言った。

佳乃は頰をふくらませて不満そうな顔をしたが、何も言わなかった。

「では、これにて」

市之介は、すぐに戸口にまわった。

4

市之介の屋敷は下谷《したや》にあった。練塀小路《ねりべいこうじ》の近くである。神田川沿いの通りへ出るには、いったん練塀小路に出て真っ直《ます》ぐ南にむかえば、すぐに突き当たる。

市之介は武家屋敷のつづく通りを歩きながら、

「茂吉、見てきたのか？」

と、訊いた。

「へい、ちょいと覗《のぞ》いてきやした」

茂吉が歩きながら話したことによると、知り合いの中間から、神田川沿いの通りで武士がふたり斬り殺されていると聞いて、現場へ行ってみたという。

「殺されたのはだれか分かるか」

「そこまでは、まだ」

茂吉が首を横に振った。

そんなやりとりをしている間に、市之介と茂吉は、神田川沿いの通りへ出た。

「旦那さま、向こうで」

茂吉が、柳橋《やなぎばし》の方を指差した。

神田川沿いの通りは、陽気がいいせいもあってか人通りが多かった。ぼてふり、出職の職人、供連れの武士、町娘、船頭ふうの男などが行き交っている。

すこし歩くと、前方に神田川にかかる和泉橋が見えてきた。

「あそこの、人だかりがしているところで」

そう言って、茂吉がすこし足を速めた。

和泉橋のたもと近くの岸際に人垣ができていた、通りすがりの野次馬《やじうま》たちらしいが、武士や岡っ引きらしい男の姿もあった。

「旦那さま、八丁堀《はっちょうぼり》の旦那もいやすぜ」

茂吉が人垣を指差した。

「そのようだな」

町奉行所の同心である。定廻り同心であろう。町方同心は小袖を着流し、羽織の裾を帯に挟む巻羽織《まきばおり》と呼ばれる格好《かっこう》をしているので、遠目にもそれと知れるのだ。

人垣に近付くと、人垣のなかに顔見知りの武士がいた。糸川俊太郎《いとかわしゅんたろう》である。

糸川は市之介と心形刀流《しんぎょうとうりゅう》の伊庭軍兵衛《いばぐんべえ》の道場で同門だった。糸川の方が二つ歳上だが、入門がいっしょだったので、朋友《ほうゆう》のような仲である。

市之介は少年のころから伊庭道場に通ったのだ。市之介は剣術の稽古《けいこ》が嫌いではなかった。それに、剣の天稟《てんぴん》があったらしく、二十歳《はたち》ごろになると師範代にも三本のうち一本は取れるほどの腕になった。

剣術の稽古をつづければよかったのだが、市之介は三年ほど前に伊庭道場をやめてしまった。父が亡くなって青井家を継ぎ、剣術など身につけても何の役にもたたないと思ったからである。

……殺されたのは、幕臣かもしれない。

と、市之介は思った。

糸川は御徒《かち》目付だった。御目付の配下で、主に御家人の監察糾弾の任にあたり、ときには探索、密偵なども行なう。そうした役柄上、糸川は事件の現場に姿を見せたのかもしれない。

市之介は人垣の後ろについたが、殺されているであろうふたりの死体は見えなかった。叢《くさむら》に屈《かが》んで検屍《けんし》をしているらしい八丁堀同心の頭が見えるだけである。

「前をあけてくれ」

茂吉が、強引に人垣を分けた。

野次馬がざわついたが、人垣にすり抜けて前に出られる隙間《すきま》ができた。茂吉の後ろに二本差しの市之介が立っていたので、町人たちは遠慮して身を引いたのである。

人垣の前にいた糸川が市之介に気付き、

「青井、ここに来い」

と、手招きした。

すぐに、市之介は糸川の脇に身を寄せた。茂吉は、もっともらしい顔をして市之介に跟《つ》いてきた。

「あそこだよ」

糸川が指差した。

見ると、八丁堀同心の足元に黒羽織姿の武士が仰向《あおむ》けに倒れていた。凄絶な死顔だった。カッと目を見開き、何かに噛《か》みつこうとしているかのように口を大きくあけたまま表情が固まっていた。喉元を刃物で突かれたらしく、顎《あご》から胸にかけてどす黒い血に染まっている。武士は斬り合ったらしく、足元に武士の物と思われる刀が落ちていた。

……籠手も斬られている！

市之介は、武士の右手が血に染まっているのを見た。

妙な傷だ、と市之介は思った。右手の甲に鋭利な刃物で突かれたような傷があり、そこからも出血していた。

……先に、手の甲を突かれたようだ。

と、市之介は気付いた。

なぜなら、刀で相手の首筋を突けば確実に命を奪える。その後に、籠手を突く必要はないのだ。

下手人は武士の右手の甲を切っ先で突き、武士が刀を取り落としたところを二の太刀で喉を突いて仕留めたにちがいない。

……手練《てだれ》だな。

下手人は、剣の遣い手のようだ。それも、特異な突き技を遣うらしい。

市之介が死体に目をむけていると、

「青井、死骸《ほとけ》を知っているのか」

と、糸川が訊いた。

「いや、知らん。……ところで、おぬし、役目上ここにいるのか？」

市之介が訊いた。

糸川は町方同心に遠慮して死体から離れて見ていた。役目柄、ここに来ているとすれば、もっと死体に近付いてもいいはずだ。武士は町奉行所の支配外なので、糸川が幕府の目付筋であることを口にすれば、八丁堀同心は身を引くはずである。

「いやいや、たまたま通りかかっただけだ」

糸川が照れたような顔で言った。

「ところで、もうひとりは？」

市之介が訊いた。茂吉から、ふたり殺されたと聞いていたのだ。

「もうひとりは、あそこだ」

糸川が、十間ほど離れた場所を指差した。そこにも、人だかりができている。

市之介はその場に行ってみた。見ると、小袖に袴姿の武士が路傍に横向きに倒れていた。こちらは首筋を斬り裂かれていた。辺りの叢がどす黒い血に染まっている。

出血が激しかったらしい。

首筋だけでなく、肩口も斬り裂かれていた。袈裟斬りをあびたようだ。

……こちらは、突き技ではない。

と、市之介はみてとった。

下手人は袈裟斬りにつづいて、首を刎《は》ねたようである。どうやら、突きで仕留めた下手人とは別人らしい。すくなくとも、この場に横たわっているふたりの武士を斬った下手人は、ひとりではないようだ。

そのとき、背後の人垣でざわめきが起こった。見ると、野次馬たちの間から三人の武士が姿を見せた。いずれも黒羽織に袴姿で、二刀を帯びていた。軽格の御家人か旗本に仕える家士のようである。

三人の武士の後に、四人の陸尺《ろくしゃく》がかつぐ二挺の駕籠《かご》が従っていた。

三人のなかの年配の武士が、八丁堀同心のそばに行って、何やら話し始めた。そのやり取りのなかに、「……引き取る」とか、「旗本」とか、「……家臣ゆえ、町方は手を引いてもらいたい」などという言葉が、市之介の耳に切れ切れにとどいた。

どうやら、殺されたふたりは旗本の家士らしい。同じ旗本の家士が、殺されたふたりを引取りに来たようだ。

八丁堀同心が、「そういうことであれば、われら町方は手を引きましょう」と答え、後ろへ身を引いた。

すぐに、年配の武士は待機していたふたりの武士と陸尺に指示し、ふたつの死体を駕籠に乗せ始めた。

「糸川、斬られたのは旗本の家臣らしいな」

市之介が、糸川に歩を寄せて言った。

「そのようだ」

糸川は神田川沿いの道を歩きだした。その場にいても、仕方がないのである。

集まっていた野次馬たちも、死体を乗せた駕籠がその場から離れると、通りの左右に散っていった。八丁堀同心も、手先を連れて引き上げていく。

「ふたりは旗本に仕えていたらしいが、旗本の名は分かるか」

市之介が訊いた。

「いや、あえて名は出さなかったようだ。もっとも、探れば、すぐに分かる。家臣がふたりも、斬られているのだからな」

糸川は、御徒目付らしいけわしい目をして言った。

糸川は大柄で、胸が厚く、どっしりとした腰をしていた。剣の修行で鍛えた体であることが見てとれる。眉と髭《ひげ》が濃く、いかつい面構えの主である。

「どうだ、おれの家に寄っていかないか。おみつが、逢いたがっていたぞ」

糸川が、心底を探るような目をして市之介を見た。

おみつは、糸川の妹だった。十七歳、色白の美人である。市之介はおみつを憎からず思っているが、まだ糸川家で顔を合わしたおりに時宜《じぎ》の挨拶《あいさつ》をかわす程度で、特別な関係ではなかった。

「い、いや、またにする」

慌てて、市之介が言った。用もないのに、糸川家に顔を出したら、おみつ目当てに訪ねたように思われる。

「所用でもあるのか」

糸川が振り向いて訊いた。

「そうだ。所用があってな、今日は、家にもどらねばならん」

所用などなかった。暇を持て余していたが、思わずそう言ってしまったのである。

5

市之介が居間に横になって居眠りをしていると、廊下を慌ただしく歩く足音がして障子があいた。顔を出したのは、佳乃である。

「兄上、母上が呼んでいますよ」

佳乃が、市之介の顔を見るなり言った。

「何かあったのか」

市之介は身を起こした。

「来てます、小出《こいで》さまが」

「小出孫右衛門《まごえもん》どのか」

市之介は立ち上がった。寝ているわけには、いかないようだ。

「はい、客間で母上がお話ししています」

「何用であろう」

小出は、母の実家である大草家に仕える用人だった。現在、大草家は母の兄の大草主計《かずえ》が当主で、御目付の要職にある。

「わたしには、分からないわ」

佳乃が小首をかしげた。

「ともかく行ってみよう」

市之介は、小袖の裾の皺《しわ》をたたいて伸ばし、急いで廊下に出た。さすがに、お節介やきの佳乃も、客間まではついてこなかった。

客間の障子をあけると、つると小出が対座して話していた。

市之介がつるの脇に膝を折ると、

「青井さま、お邪魔しておりました」

小出が丁寧《ていねい》に頭を下げた。

小出はつるが子供のころから大草家に仕え、青井家にも使いで顔を見せることがあった。すでに還暦にちかい老齢のはずだが、矍鑠《かくしゃく》としていた。髷《まげ》や鬢《びん》に白髪が目立ったが、肌には壮年のような艶《つや》があり、皺はほとんどなかった。声にも、張りがある。

「それで、ご用の筋は？」

市之介が訊いた。

「兄上が、おまえに頼みたいことがあるそうですよ」

つるが、おっとりした物言いで口をはさんだ。

「突然で、恐縮でございますが、それがしとご同行いただきたいのですが」

小出が丁寧な物言いで訊いた。

するると、市之介が答える前に、つるが、

「すぐ、うかがいますよ。市之介は、暇ですから」

と、口元に笑みを浮かべて言った。

「い、いや、暇ではないが……」

市之介は口ごもった。次の言葉が出なかったのである。腹の底で、この前、亀戸天神の遊山《ゆさん》をごまかした敵《かたき》を討たれたか、と思ったが、何も言えなかった。

「では、ご同行くだされ」

小出が生真面目《きまじめ》そうな顔で言った。

市之介はいったん居間にもどり、羽織袴姿に着替えた。だらしのない格好で、大草家を訪問することはできなかったのである。

大草家の屋敷は神田小川町《おがわまち》にあった。神田川沿いの道に出て湯島《ゆしま》方面に歩き、昌《しょう》平橋《へい》を渡れば、すぐである。

大草家の屋敷は、門番所付きの堅牢な長屋門《ながやもん》を構えていた。千石の旗本に相応《ふさわ》しい門構えである。

「青井さま、こちらへ」

小出は、市之介を庭に面した書院に案内した。客間というより、親しい者を通す座敷で、大草は市之介と話すとき、その書院を使うことが多かった。

座敷に座していっときすると、大草が姿を見せた。小袖に角帯姿のくつろいだ格好である。下城後、着替えたのであろう。

「市之介、よく来たな」

大草が目を細めて言った。

大草は五十がらみで、痩身だった。すこし、猫背である。顔はつると似ていて、面長で鼻梁が高く、目が細かった。体付きは華奢《きゃしゃ》で武芸などには縁がないようだが、身辺には落ち着きと威厳が感じられた。物言いが静かで、細い目に能吏《のうり》らしい鋭いひかりが宿っているせいかもしれない。

市之介が時宜の挨拶を終えると、

「どうだ、つると佳乃に変わりないかな」

と、目を細めたまま訊いた。

「はい、変わりございません」

「市之介はどうだ？」

「それがしも、変わりございません」

「それは、なにより。……ところで、市之介は、神田川沿いの通りでふたりの武士が斬られた現場にいたそうだな」

大草が市之介を見つめて言った。

「はい、ちょうど通りかかったもので」

暇潰《つぶ》しに出かけていた、とは言えなかった。

大草の耳に入れたのは、糸川だろう、と市之介は推測した。糸川は大草の配下だったのだ。

「斬られたのは、旗本、青柳与之助《あおやぎよのすけ》どのに仕える用人、佐久平三郎《へいざぶろう》と若党の山尾盛《もり》助《すけ》らしい」

大草によると、青柳家の禄高は一千石だが、現在非役で小普請だという。

「なにゆえ、用人と若党が殺されたのですか」

市之介は、辻斬りや追剝《おいは》ぎの仕業《しわざ》ではないとみていた。

「分からぬが、気になってな」

大草がそう言って、膝先に視線を落とした。細い目に、御目付らしい鋭いひかりが宿っている。

「何が気になるのです」

市之介が訊いた。

「実は、青柳どのの行状について、かんばしくない噂があってな。……ちかごろは、病《やまい》と称して、屋敷からも出ないようなのだ」

おそらく、大草は配下の目付筋の者を使って青柳の身辺を探らせたのであろう。

「何者が、何のために用人と若党を斬ったのか。どうも、気になる」

そう言って、大草は眉宇《びう》を寄せた。

「……………」

市之介も、青柳家に何か異変があるような気がした。

「それで、市之介に頼みがあるのだ」

大草が市之介を見すえて言った。

「頼みともうされますと」

「糸川によると、用人と若党を斬った下手人は、剣の達者らしいという」

「それがしも、そうみました」

やはり、大草は糸川から話を聞いたのだ。

「糸川に手を貸して、用人と若党を斬った下手人を探ってみてくれ。それに、青柳家がどうなっているかもな」

大草が言った。

「伯父上、それがしは目付筋ではございませんが」

市之介は困惑したような顔をした。伯父ではあるが、大草の手先ではないのである。

「市之介」

大草が急に語気を強くした。

「ハッ」

思わず、市之介は低頭した。

「おまえは、非役のままでいいと思っておるのか」

「いえ、できますれば、二百石の扶持《ふち》に見合ったご奉公をせねばならぬと思っております」

市之介は顔を上げられなかった。

「ならば、お上《かみ》のご奉公だと思って、糸川とともに下手人を探れ」

「……………」

市之介が顔を伏したまま黙っていると、

「前にも話したが、わしは、おまえを相応の役柄に推挙するつもりでおるのだ」

大草が急に声をやわらげて言った。

「役高五百石ほどの役職があればと、思っているのだが、なかなか……」

大草は語尾を濁した。

「五百石！」

市之介は顔を上げた。

「五百石では、不服か」

「とんでもございません」

五百石ともなれば、何人もの奉公人が雇《やと》える。母親や佳乃の供をさせて、亀戸辺りの遊山なら思いのままである。

「ならば、お上のためにご奉公いたせ」

「ハハァ！」

あらためて、市之介は深く頭を下げた。

6

糸川の屋敷は、御徒町《おかちまち》にあった。藤堂和泉守《とうどういずみのかみ》の上屋敷の裏手である。市之介の家から近かった。

市之介は大草家へ行った翌日、糸川の家へ行くつもりで屋敷を出ようとした。すると、庭先で雑草の草取りをしていた茂吉が、市之介の姿を目にし、

「あっしも、お供しやす」

と言って、跟《つ》いてきた。

来なくともいい、と市之介は言ったのだが、

「旦那さまは、お旗本ですよ。中間のひとりも供につかねえと、格好がつきませんや」

そう言って、茂吉は勝手に跟いてきたのだ。茂吉は市之介の供をしたかったわけではなく、草取りに飽きていたようなのだ。

糸川の屋敷は、小身の旗本や御家人の屋敷が軒を連ねる一角にあった。簡素な武家屋敷だった。屋根のない木戸門で、屋敷のまわりに低い板塀がめぐらせてある。

御徒目付は百俵五人扶持なので、相応な屋敷なのかもしれない。

　木戸門の前で、市之介が、

「茂吉、どうする」

と、訊いた。茂吉を屋敷内に入れるわけにはいかなかったのである。

「長くかかりやすか」

「いや、長くはない。せいぜい、半刻（一時間）ほどだな」

七ツ（午後四時）ごろだった。市之介は、遅くとも陽が沈む前に辞去するつもりでいた。糸川家に夕餉《ゆうげ》の心配をさせるわけにはいかなかったのだ。それに、用件は糸川から探索の様子を訊くだけなのである。

「門の脇で、待ちやす」

　茂吉が小声で言った。

　市之介が玄関の引き戸をあけて訪《おとな》いを請うと、すぐに糸川の母親のたつが姿を見せた。

「青井さま、さァ、上がってくだされ」

　たつが、恐縮して言った。

「糸川はいますか」

「はい、家にいます。……ともかく、お上がりになって」

たつは慌てて、おみつも呼びますから、と言い添えた。

「いえ、糸川に用があって来ましたので……」

市之介は語尾を濁した。顔が赤くなっている。

そのとき、廊下を歩く足音がして、糸川が姿を見せた。玄関先のやり取りを耳にしたらしい。

「青井ではないか。遠慮せずに、上がってくれ」

糸川は、脇にいた母親のたつに、茶を淹れてくれ、と頼んだ。

たつが奥へもどってから、糸川は市之介を縁側に面した座敷に連れていった。居間である。糸川は、市之介が訪ねてくるとこの部屋に案内《あない》することが多い。障子をあけると、庭が見える。ろくな植木もない狭い庭だが、開放的な気分になれるのだ。

市之介が腰を落ち着けると、

「すぐに、おみつもくるはずだ」

と、糸川が当然のことのように言った。

「糸川、おれはおまえに話があって来たのだぞ」

市之介が、困惑したような顔をして言った。糸川は機会があれば、市之介とおみつと会わせようとするのだ。嫌ではなかったが、今日は糸川に話があって来たのである。

「分かっている。それで、話というのは」

糸川が声をあらためて訊いた。

「実は、昨日、伯父上のところへ行ってきたのだ」

「御目付の大草さまか」

糸川は大草が市之介の伯父であることを知っていた。

「そうだ」

「大草さまは、青柳家のことを訊かれたのだな」

「いかにも」

「それで?」

「おまえと力を合わせて、用人と若党を斬った下手人を探れとのことだ。……伯父の命となると、おれも嫌だとは言えなくてな」

「それはありがたい」

糸川が、相好《そうごう》をくずした。

そこへ、たつとおみつが茶道具を持って入ってきた。

「おみつ、青井はゆっくりとおみつと話したいそうだ」

糸川が口元に薄笑いを浮かべて言った。

「そ、そんなこと……」

言った覚えはない、と言おうとしたが、市之介は声が出なかった。本人を目の前にして、顔が熱くなった。

おみつも困ったような顔をして、顔を真っ赤にしている。顔も上げられず、膝先に視線を落として、もじもじしている。

「茶を淹れましょうね」

たつが、急須で茶をつぎ、市之介の膝先に湯飲みを出してくれた。

それからいっときすると、糸川は顔の笑みを消し、急に真面目な顔をして、

「母上、おみつ、座をはずしてくれ。青井とこみいった話があるのだ」

と、重いひびきのある声で言った。

「これは、気がつきませんでした」

たつが、慌てて腰を上げると、おみつもすぐに立ち上がった。

たつとおみつが、座敷から去ると、

「青井、話のつづきだ」

と、糸川が市之介に目をむけて言った。

「青柳与之助だが、どんな男なのだ」

市之介が、顔をひきしめて訊いた。すでに、糸川は大草の指図で青柳の身辺を洗っているはずである。

「放蕩《ほうとう》な男だが、ちかごろは屋敷内に籠《こも》って外にも出ないのだ」

糸川によると、青柳は非役の無聊《ぶりょう》を慰めるつもりなのか、盛んに遊び歩いていたという。柳橋、上野山下《うえのやました》（不忍池《しのばずのいけ》の東方）、浅草寺界隈《せんそうじかいわい》などの繁華街に出向き、料理茶屋や遊廓などに入り浸《びた》っていた。むろん、吉原《よしわら》へも登楼《とうろう》していたらしい。ところが、三月《みつき》ほど前から急に屋敷に籠って出歩かなくなったという。

「何かあったのかな」

「あったらしいが、何があったのかは分からない」

糸川が言った。

「それで、佐久と山尾を斬った下手人の目星はついているのか」

「いや、まったく……」

そう言って、糸川が視線を落とした。

「佐久と山尾は、別人に斬られたようだぞ」

市之介は、刀傷の痕《あと》からそうみたことを言い添えた。

「下手人は、ひとりでないということだな」

糸川がつぶやくような声で言った。

「ところで、佐久と山尾は、殺された夜、どこへ出かけていたのだ」

出かけた先が分かれば、下手人をたぐる手掛かりになるかもしれない、と市之介は思ったのだ。

「青柳家の中間から訊き出したのだがな。ふたりは、柳橋の料理屋に出かけたらしい」

「料理屋の名は？」

「まだ、つかんでいない」

「探るのは、これからだな」

佐久と山尾が殺されて間がない。探索はこれからであろう。

「おれの他に徒目付《かち》が三人、小人目付《こびと》は五人探索にあたっている」

御小人目付《おこびと》は、御徒目付の配下である。糸川の配下の御小人目付も、何人か動いているのだろう。

「彦次郎《ひこじろう》も探索にかかわっているのか」

市之介が訊いた。

佐々野《ささの》彦次郎は、御小人目付だった。弱冠十七歳である。以前、市之介は彦次郎の兄の佐々野宗助《そうすけ》が殺された事件にかかわり、彦次郎と力を合わせて事件を解決したことがあったのだ。

その後、彦次郎は市之介の剣の腕に心酔し、剣術の手解きを受けにときおり市之介の家に姿を見せるようになった。ただ、ちかごろは、あまり顔を出さなかった。事件の探索にかかわっていたからであろう。

「はりきっているよ」

糸川が口元をゆるめた。

「そうか」

ちかいうちに、彦次郎が探索の様子を話しに家に来るだろう、と市之介は思った。

7

「旦那さま、お出かけですか」

茂吉が、小走りに近寄ってきた。

「本郷《ほんごう》までな」

市之介は、とりあえず青柳与之助の屋敷を自分の目で見てみようと思ったのだ。糸川と話したとき、青柳の屋敷は本郷の加賀《かが》、前田《まえだ》家の上屋敷のそばだと聞いていた。

「あっしも、お供しやしょう」

茂吉は首筋にかけていた手ぬぐいを勢いよくはずした。

「供はいらないが」

青柳家を見るだけなので、供はいらなかった。

「旦那さま、神田川沿いの道で殺されたふたりの武士の件で、お調べなんでしょう」

茂吉が上目遣いに市之介を見ながら訊いた。

「調べるというわけではない。……おれは目付筋ではないし、手先もいないからな」

市之介は曖昧《あいまい》な物言いをした。

「旦那さま、あっしがいやすぜ。及ばずながら、旦那のお指図で探ってみやすが」

茂吉が、目をひからせて言った。

どうも、茂吉は捕物が好きらしい。それに、屋敷内で下働きのような雑用をするより、市之介と歩きまわっている方がおもしろいのだろう。

「勝手にしろ」

市之介は、茂吉も何か役に立つかもしれないと思った。

「へえい」

一声上げて、茂吉が市之介の後についた。

市之介と茂吉は下谷の町筋を西にむかい、御成《おなり》街道を横切って湯島に出た。中山道《なかせんどう》に入り、昌平坂《しょうへいざか》学問所の裏手を通って、しばらく歩くと、右手前方に前田家の上屋敷が見えてきた。

「この辺りに、清林寺《せいりんじ》という寺があると聞いてきたのだがな」

市之介は、清林寺の脇の路地を右手に入った先に、青柳家の屋敷があると糸川に聞いていたのだ。

「旦那さま、あそこに本堂らしい屋根が見えやすぜ」

茂吉が前方を指差した。

なるほど、街道沿いの家並の先に寺の本堂らしい甍《いらか》が見えた。街道沿いに、山門らしい屋根もある。

古刹《こさつ》だった。町中にしては、大きな寺である。

境内《けいだい》をかこった築地塀《ついじべい》の脇に、路地があった。路地沿いには町家があったが、いっとき歩くと武家屋敷だけになった。旗本や御家人の屋敷がつづいている。

「ここだな」

「どの屋敷か分からないな」

市之介は、だれかに訊くしかないと思い、交差している路地や通りの先に目をやった。右手の路地の先に、中間らしい男がふたりこちらに向かって歩いてくるのが目にとまった。お仕着《しき》せの法被《はっぴ》を羽織っている。

市之介たちは路傍に足をとめて、ふたりの男が近付くのを待った。

「ちょいと、待ってくれ」

茂吉が声をかけた。

「あっしらですかい」

赤ら顔の男が訊いた。もうひとり、面長で顎のとがった男である。

「ちかくのお屋敷で、ご奉公してるのかい」

茂吉が訊いた。

市之介は脇に立って黙っていた。相手が同じ中間なので、この場は茂吉にまかせようと思ったのである。

「この先の能登守《のとのかみ》さまだ」

赤ら顔が出てきた路地の先を指差した。

市之介は、大島《おおしま》能登守だろうと思った。千八百石の大身の旗本で、この辺りに屋敷があると聞いていた。

「ところで、青柳与之助さまのお屋敷を知らねえか。なに、こちらのお方が、ご用があってな」

茂吉が市之介を振り返って言った。

赤ら顔の男は、チラッと市之介に目をやり怪訝《けげん》な顔をしたが、

「この通りを一町（一〇八メートル）ほど歩いて先の右手でさァ。門番所付の長屋門がありやすから、分かりやすぜ」

そう言って、歩き出そうとした。

「そうだ！」

ふいに、市之介が大きな声をだした。

ふたりの中間は、ギョッとしたように身を竦《すく》めて立ちどまった。

「妙なことを聞いたのだがな」

市之介が急に声を落として言った。

「な、何です、妙なことって」

赤ら顔の男が、市之介に顔をむけて訊いた。もうひとりの男も、好奇心に目をひからせて市之介を見ている。

「青柳家の用人と若党が、斬り殺されたのを知っているか」

市之介が声をひそめて言った。

「し、知ってまさァ」

赤ら顔の男も、声をひそめた。

どうやら、市之介の話に釣り込まれたようである。

「青柳さまは、ちかごろ屋敷から出ないそうではないか」

「へ、へい……」

ふたりの中間が、いっしょにうなずいた。

「青柳さまは、何か怯えているという噂を聞いたぞ」

「あっしも、そんな話を聞きやした」

面長の男が、市之介に身を寄せて言った。

「祟《たた》りではあるまいか」

市之介が、怖気《おじけ》をふるうような顔をして見せた。祟りとは思わなかったが、ふたりに何かしゃべらせようとしたのである。

「祟り……。まさか」

赤ら顔の男が、小首をかしげた。

すると、面長の男が、

「あっしは、青柳さまにお仕《つか》えしている中間から訊きやしたぜ」

と、小声で言った。

「何を訊いたのだ？」

「青柳さまは、強請《ゆす》られてるんじゃァねえかって話してやした」

「強請られてるだと？」

「へい、何でも、お屋敷に三人の武士が訪ねてきやしてね。青柳さまと話してから、外に出るのを怖がるようになったそうでさァ」

「三人の武士がな。……その武士の名は分かるか」

市之介は面長の男に顔を近付けて訊いた。

「そこまでは分からねえ」

面長の男は、すこし身を引いた。

「牢人ではあるまいな」

市之介は、さらに水をむけた。

「ひとりは牢人ふうだったといってやしたが、ふたりは歴《れっき》とした武士のようですぜ」

「何者であろうな」

市之介は腕を組んだ。

「あっしが知ってるのは、それだけで」

そう言うと、面長の男は市之介に首をすくめるように頭を下げて、おい、行こうか、と赤ら顔の男に声をかけた。すこし、おしゃべりが過ぎたと思ったらしい。

ふたりは、きびすを返し、市之介たちから離れていった。

市之介と茂吉は、赤ら顔の男に教えられたとおり行ってみた。

「この屋敷だな」

青柳の屋敷は、すぐに分かった。近くに、門番所付の長屋門を構えている屋敷は、ほかになかったのである。

「さて、どうするか」

門の前まで来て、市之介は足をとめた。

表門の門扉《もんぴ》はとじたままである。訪いを請うわけにもいかない。屋敷内は静寂につつまれ、物音も人声も聞こえてこなかった。

「旦那さま、だれか出てくるのを待ちますか」

茂吉が訊いた。

「そうだな。せっかくここまで来たのだ。話の聞けそうな者が、屋敷から出てくるのを待とう」

市之介は辺りに目をやった。斜向《はす》かいが、板塀をめぐらせた旗本屋敷らしかった。軽格の旗本であろう。その板塀の陰に身をひそめれば、青柳家の表門を見張ることができそうだ。

市之介と茂吉は、板塀の陰に身を隠した。

いっときすると、茂吉が、

「旦那さまも、てえしたもんだ」

と、さも感心したような口振りで言った。

「何のことだ?」

「いえね、さきほど、中間ふたりから話を訊きやしたね。うまく、ふたりにしゃべらせたんで、感心したんでさァ」

「そうかな」

市之介は自分の聞き込みが巧《たく》みだったとは思わなかった。

「岡っ引きや八丁堀の旦那だって、ああはうまく訊き出せませんぜ。まったく、お上は目がねえ。旦那さまのようなお方を、遊ばせておく手はありませんや。……あっしがお上なら、お奉行さまにでも、なってもらいやすがね」

茂吉が言いつのった。

どうやら、茂吉も退屈凌《しの》ぎに話しているようだ。

「町奉行か……」

途方もないことである。いまは、何とか二百石にふさわしい役職に就《つ》ければいいと思っているのである。

それから、一刻（二時間）ほど過ぎた。青柳家からは、だれも出て来なかった。

「今日は、あきらめよう」

市之介は、両手を突き上げて大きく伸びをした。

第二章　鶴乃屋《つるのや》

1

市之介は自邸の庭に出て、久し振りに木刀を振っていた。今日は朝から屋敷内に籠っていたので、退屈凌ぎだったが、振り始めると次第に熱が入ってきた。伊庭道場に通っていたころ、木刀の素振りは日課であった。そのころのことを思い出したのである。

小半刻（三十分）ほど振り続けると、顔から汗が流れ、息も乱れてきた。

……すこし、休むか。

市之介は諸肌《もろはだ》脱ぎになると、縁先に腰を下ろし、手ぬぐいで流れる体の汗をぬぐった。緑陰を渡ってきた初夏の風が、汗ばんだ肌に心地好く染みる。

市之介が一休みしていると、廊下を慌ただしそうに歩く音が聞こえ、障子があいて佳乃が顔を出した。

「あ、兄上、いらっしゃいました」

佳乃が声をつまらせて言った。ふっくらした白い頬が紅潮して、熟《う》れた桃のように染まっている。

「だれが、来たのだ」

市之介が訊いた。

「佐々野彦次郎さまです」

佳乃の声が、すこし上ずっている。

「彦次郎か」

佳乃は、若くて端整な顔立ちの彦次郎を好いているようだった。ただ、少女の憧れのようなもので、まだ恋とは呼べないほのかな思いらしい。

「兄上、どこにお通ししますか」

佳乃が真剣な顔で訊いた。

「庭へまわるように言ってくれ」

市之介が素っ気なく言った。

「兄上、家へ上がっていただいたら……」

佳乃が戸惑うような顔をして言った。

「いや、庭でいい。家のなかより、ここの方が気持ちがいいからな」

「では、茶はここにお持ちします」

そう言って、佳乃は戸口へもどりかけた。

「佳乃、茶ではなく水にしてくれ」

市之介は、喉が渇いていた。茶より、水を飲みたかった。彦次郎も陽射しのなかを歩いてきたのなら、喉が渇いているだろう。

「水でいいんですか」

佳乃が不服そうな顔をした。

「水でいい。それより、彦次郎を待たせたままでよいのか」

「そう、そう」

慌てて、佳乃は戸口にむかった。

両腕を袖に通して待つと、すぐに彦次郎が縁先へ顔をだした。思ったとおり、陽射しのなかを歩いてきたらしく、顔が紅潮し汗が浮いている。

「お師匠、稽古ですか」

彦次郎は、市之介の姿を見て気まずいような顔をした。市之介の脇に木刀が置いてあるのを見て、稽古していたと分かったらしい。このところ、彦次郎は稽古から遠ざかっていたので、気まずかったのであろう。

「彦次郎、師匠と呼ぶのはやめろ」

彦次郎は、勝手に市之介を師匠と呼んでいる。ときおり、市之介が剣術の手解きをすることはあるが、師弟というほどの関係ではないのだ。

「ですが、わたしにとってはお師匠です」

彦次郎が殊勝な顔をして言った。

「青井と呼べばいい。……ともかく、ここへ腰を下ろせ」

市之介は縁先に手をむけて、立っている彦次郎に腰を下ろさせた。

「では、青井さま」

「それで、何の用だ。剣術の稽古では、ないらしいが」

市之介が訊いた。

「はい、糸川さまより、青井さまが青柳家の探索に当たっていることをお聞きしまして、こちらで探ったことを青井さまのお耳に入れておく方がよいと思い、訪ねてまいったのです」

彦次郎が丁寧な口調で言った。

そのとき、佳乃が盆に湯飲みを載《の》せて廊下へ出てきた。そして、彦次郎の脇に膝を折ると、湯飲みを差し出しながら、

「冷たいお水ですが、よろしいでしょうか」

と、ひどく恐縮したような顔をして言った。

「ありがたい。喉が渇いておりまして、馳走《ちそう》になります」

彦次郎は嬉しそうな顔をして、すぐに脇に置かれた湯飲みに手を伸ばした。

市之介は、ほれ、見ろ、という顔をし、まだ佳乃が手にしている盆の上に載っている湯飲みに手を伸ばした。

市之介は喉を鳴らして一気に水を飲み干《ほ》した。旨《うま》かった。汗をかいたときは、冷たい水がなりよりのご馳走である。

佳乃は盆を膝の上に置いたまま、男ふたりが喉を鳴らして水を飲むのを見つめている。

「佳乃、もう一杯、もらえるか」

市之介が湯飲みを差し出すと、

「わたしにも、いただけますか」

と、彦次郎が小声で言った。

「あっ、はい」

佳乃は慌てた様子でふたりから湯飲みを受け取ると、すぐに腰を上げた。

市之介は佳乃の姿が消えると、

「青柳のことで、何かつかんだのか」

と、声をあらためて訊いた。

「当主の青柳与之助は、三人組の武士に大金を強請られていたようです」

彦次郎が声をひそめて言った。

「うむ……」

そのことは、市之介もつかんでいた。

「それで、三人組の武士の名は分かっているのか」

「それが、まだ……」

彦次郎がちいさく首を横に振った。

「何をたねに強請られたのだ？」

青柳家は大身の旗本である。相応の理由がなければ、脅すのもむずかしいだろう。

「はっきりしませんが……」

そう言って、彦次郎は一呼吸置いてから、

「青柳家に奉公している若党から耳にしたのですが、柳橋の料理屋で何か揉《も》め事があり、それをたねに脅されていたようです」

と、言い添えた。

「柳橋の料理屋か」

市之介は、青柳が柳橋や浅草寺界隈の料理屋に入り浸っていたという話を聞いていた。青柳は出入りしている料理屋で何か揉め事を起こしたのかもしれない。

「殺された佐久と山尾は、柳橋に出かけた帰りに殺されたらしいが、青柳が揉め事を起こした料理屋に談判にでも行ったのではないかな」

市之介が訊いた。

「そうかもしれません」

「その料理屋だが、店の名は分からないのか」

料理屋で話を聞けば、だいぶ様子が知れてくるのではないか、と市之介は思ったのだ。

「まだ、店の名は分かりませんが、すぐに聞き出しますよ」

彦次郎が目をひからせて言った。

そのとき、佳乃が姿を見せた。手にした盆に、ふたりの湯飲みが載せてある。

市之介たちは話を中断し、湯飲みの水を飲み干した。

佳乃は、そのまま市之介の脇に座した。あたりまえのような顔をしている。

市之介と彦次郎は水を飲み干して、湯飲みを盆の上に置いたが、佳乃は腰を上げようとしなかった。男たちの話にくわわるつもりなのだ。いつもそうである。佳乃は、何にでも首を突っ込んでくるのだ。

「佳乃、大事な話でな。下がってくれ」

市之介が言った。

「は、はい、何かご用があったら、声をかけて下さいね」

佳乃は顔を赤くして立ち上がった。

それから、市之介と彦次郎は小半刻（三十分）ほど話したが、お互い新たなことは出てこなかった。

「お師匠、ちかいうちに稽古に来ます」

そう言って、彦次郎は腰を上げた。いつの間にか、市之介の呼び方がお師匠に戻っている。

「彦次郎」

市之介が声をかけた。

「はい」

彦次郎は立ったまま市之介に顔をむけた。

「油断するなよ。佐久と山尾を斬った下手人は、手練だぞ」

市之介が彦次郎を見すえて言った。

2

柳橋に浜富《はまとみ》と呼ばれる料理屋があった。市之介は、浜富のおとせという座敷女中を贔屓《ひいき》にしていた。贔屓にしているといっても、そう頻繁に通うことはできなかった。懐《ふところ》に余裕があるときだけである。

この日、市之介は浜富の暖簾《のれん》をくぐった。おとせに逢いたいという気持ちもあったが、それより青柳が贔屓にしていた料理屋のことをおとせに訊いてみようと思ったのだ。おとせは、商売柄柳橋の料理屋や料理茶屋などで起こった揉め事の噂を耳にすることが多いのである。

浜富は大川の川沿いの道に面していた。店先の脇につつじの植え込みと小さな籬《まがき》があった。戸口は格子戸《こうしど》である。老舗《しにせ》の料理屋らしい落ち着いた雰囲気があった。

浜富の暖簾をくぐると、帳場にいた女将《おかみ》のお富《とみ》が、

「いらっしゃい」

と、声をかけ、慌てて立ち上がった。

「女将、おとせはいるかな」

市之介が訊いた。

お富は、市之介がおとせを馴染《なじ》みにしていることを知っていた。

「おりますよ。おとせさんと、旦那の噂をしてたんですよ。……ちかごろ見えないけど、心変わりでもしたんじゃァないかってね」

お富が、市之介を上目遣いに見ながら言った。

「いや、ちと、忙しくてな。……それで、二階の座敷を頼めるかな」

市之介は顔を赤らめて言った。今日は、青柳のことを訊くために来たのだが、市之介の心底には、おとせとふたりだけでゆっくりしたいという気もあったのである。

「はい、はい、ごゆっくりどうぞ。奥の桔梗《ききょう》の間にしますからね」

お富は口元に笑みを浮かべて言った。

桔梗の間は、二階の奥の小座敷で、男女の密会や二、三人で来た馴染み客などに

使わせる座敷である。

市之介は桔梗の間でなくともよかったが、黙っていた。

市之介が桔梗の間に腰を落ち着けていっときすると、女中が酒肴《しゅこう》の膳を運んできた。その女中と入れ替わるように、おとせが姿を見せた。

「旦那、いらっしゃい」

おとせは、市之介の脇に膝を折ると、銚子を差し出しながら、

「ずいぶん、来なかったわねえ。もうわたしのことなど忘れたと思ってたのよ」

とすねたような声で言いながら、市之介の杯に酒をついでくれた。

おとせの体から脂粉《しふん》と酒の匂いがした。おとせは、すこし飲んでいるらしい。顔や首筋のしっとりした白い肌が、朱《しゅ》を刷《は》いたように染まっている。

おとせは二十一歳、三つになる房吉《ふさきち》という男児の母親でもあった。おとせは十七のとき、手間賃稼ぎの大工と所帯を持った。ふたりの間に房吉が生まれた翌年、亭主は普請中の屋敷の屋根から足を滑らせて落ち、頭を打って亡くなったそうである。

その後、おとせは実家にもどり、房吉を母親にあずけて浜富で働くようになったのだ。市之介は酔った勢いで、おとせを抱いたことがあったが、その後は客と女中の一線を越えないようにしていた。お互い深い関係になれば、辛くなるだけだと分

かっていたからである。

市之介は独り身だが、非役とはいえ二百石の旗本の当主であった。その市之介が子持の料理屋の女中を娶《めと》るわけにはいかなかった。仮に、市之介がおとせに嫁に来るように頼んでも、おとせは断るだろう。妾《めかけ》ならともかく、武家の妻になっても、やっていけないことはおとせにも分かっているのだ。

市之介は杯の酒を飲み干した後、

「房坊は、どうしてる」

と、訊いた。

「もう、悪戯《いたずら》坊主で困ってます」

おとせが、顔をくずして言った。母親らしい顔付きを垣間見せたが、すぐにいつものおとせにもどり、

「旦那、あたしに何か話があったんじゃァないの」

と、訊いた。

「そうなのだ。ちと、訊きたいことがあってな」

「なんです?」

「十日ほど前のことだが、神田川沿いの道で、ふたりの武士が何者かに斬られたの

だが、おとせは噂を聞いているか」

　市之介が話を切り出した。

「ええ、噂は聞きましたよ」

「そのふたりだが、柳橋の料理屋で飲んだ帰りらしいのだ」

　飲んだかどうか、分からなかったが、料理屋の帰りとなれば、酒を飲んだとみていいだろう。

「それで？」

　おとせは身を乗り出すようにして訊いた。

「おとせは、殺されたふたりの武士が飲んだ店を知らないか」

「知ってますよ。女将さんが、話しているのを聞きましたから」

「店の名は？」

「鶴乃屋《つるのや》さんですよ」

　すぐに、おとせが答えた。

「鶴乃屋か」

　市之介は鶴乃屋を知っていた。柳橋でも高級な料亭である。客筋は富商や大身の旗本だと聞いていた。ただ、ちかごろは高い割りに料理がおいしくないとの評判があり、客足が遠のいているという噂もあった。

「ところで、鶴乃屋で何か揉め事があったのか」

市之介が訊いた。

「さァ、何も聞いてないけど」

おとせは小首をかしげた。

「青柳与之助という旗本の名を聞いたことがあるか」

市之介は話題を変えた。

「あるわ。鶴乃屋を贔屓にしているお旗本でしょう」

「やはりそうか」

市之介は、青柳も鶴乃屋に出入りしていたのではないかとみていたのである。

「それで、青柳さまに何があったの？」

おとせが訊いた。目が好奇心にひかっている。おとせは、柳橋の料理屋に出入りする客の話になったので、興味を持ったようだ。

「強請られている噂があるのだが、そのことで何か聞いてないかな」

「いえ、まったく……」

おとせは首を横に振った。

「うむ……」

鶴乃屋にはかかわりがないのであろうか。市之介は何も駒《こま》を持っていなかったので、それ以上訊けなかった。

市之介が黙考していると、

「ねえ、旦那」

と、おとせが市之介に身を寄せて言った。

「なんだ」

「また、前のように、殺されたふたりのお侍の件を探っているんじゃァないの」

おとせが、市之介を見すえて訊いた。

「まァ、そうだが……」

市之介は語尾を濁した。

以前、市之介がかかわった事件のことで、おとせに下手人にかかわる噂を聞いたら教えてくれ、と頼んだことがあったのだ。そのときも、柳橋の料理屋に事件にかかわった男が出入りした節があったのである。

「あたし、鶴乃屋を探ってみようか」

おとせが、市之介の耳に顔を近付けてささやいた。

「何を言い出すのだ。おとせが、どうやって探れるのだ」

市之介が呆《あき》れたような顔をして言った。

「あたし、清水屋《しみずや》に知り合いがいるのよ。おせんちゃんという女中だけど、あたしより鶴乃屋のことは知ってるはずよ」

おとせが、市之介の肩に頬をつけるようにして言った。熱い息が市之介の耳朶《じだ》にかかって、ゾクゾクッとした。

清水屋は、鶴乃屋の斜向かいにある料理屋である。

「うむ……」

市之介は口をひき結んで、体を熱くしてきた劣情を抑《おさ》えた。ここで、おとせを抱くわけにはいかなかったのだ。

「ねえ、あたし、旦那の役に立ちたいんだよ」

おとせが、身をよじるようにして言った。

「おせんから話を訊くだけだぞ」

市之介は声を強くして言い、右腕を膳に伸ばして杯を手にした。その動きで、肩先がおとせの顔から離れた。

「分かってますよ」

おとせが身を引いて、銚子を取った。

市之介は杯に酒をついでもらいながら、

「青柳のことを探っていると、思われるなよ」

と、念を押すように言った。下手人に気付かれると、おとせに危害がくわえられる恐れがあった。

おとせの身がすこし離れたので、市之介の劣情はいくぶん収まった。残念な気もしたが、これでいいのである。

3

「旦那さま、重松屋《しげまつや》の話を聞いてますか」

茂吉が市之介に身を寄せて訊いた。

市之介が縁側でつるの淹れてくれた茶を飲んでいると、庭先で草取りをしていた茂吉が近付いてきたのだ。陽に灼《や》けた顔が、汗でひかっている。

「重松屋というと？」

市之介は、重松屋が何をしている店かも知らなかった。

「室町《むろまち》にある両替屋ですよ」

茂吉が額の汗を手の甲で拭いながら言った。

「ああ、両替屋か」

市之介は思い出した。日本橋《にほんばし》室町の表通りに重松屋という両替屋があった。

両替屋は金、銀を取り扱う本両替と、もっぱら銭《ぜに》を扱う銭両替とがあったが、重松屋は本両替の大店《おおだな》であった。もっとも、市之介は重松屋の前を通ったことがあるが、立ち寄ったこともない。店のあるじの名も知らなかった。

「その重松屋の番頭と手代が、殺されたそうなんで」

茂吉が声をひそめて言った。

「そうか」

市之介は気のない返事をした。重松屋の奉公人が殺されたことは、市之介と何のかかわりもないのである。

「殺されたのは、柳橋の大川端らしいですぜ」

「うむ……」

市之介は欠伸《あくび》を噛み殺した。重松屋の奉公人が殺された件は、青柳のかかわる件とは別であろう。それに、町人が殺されたのなら、町方の仕事である。

「鶴乃屋を出た帰りに殺《や》られたようです」

茂吉が身を寄せて言った。

「鶴乃屋だと」

市之介は、青柳の件とかかわりあるかもしれないと思った。

「それに、番頭と手代を斬ったのは、侍らしいんで」

茂吉によると、近くの桟橋にいた船頭が、ふたりが殺されたときの様子を見ていたらしいという。

「行ってみるか」

市之介は、佐久と山尾を斬った下手人のことで何か知れるかもしれないと思った。

それに、今日は出かける当てがなく暇だった。

「それで、どこへ行きやす」

茂吉が訊いた。

「殺されたのは、いつのことだ？」

「一昨日《おとつい》のようでさァ」

「番頭と手代の死体は、大川端にはないわけだな」

一昨日なら、ふたりの死体は重松屋に引き取られているだろう。

「へえ、死骸《おろく》を拝むなら重松屋に行くしかねえが……」

茂吉は首をひねった。重松屋で、死体を見られるかどうか分からないのであろう。

「いや、遺体を見なくともいい。……それより、ふたりが斬られた様子を見たという船頭から話が訊きたいが、名は分かるか」

船頭が下手人の姿を見ていれば、下手人を手繰《たぐ》る手掛かりが得られるかもしれない。

「いまは分からねえが、近くの桟橋にいる船頭に訊けば知れやすぜ」

茂吉が言った。

「それなら、柳橋に行ってみよう」

「お供いたしやす」

茂吉が声を上げた。

市之介と茂吉は屋敷を出ると、下谷の町筋を通って神田川沿いの通りへ出た。川沿いの道を大川方面にむかえば、柳橋に出られる。

八ツ（午後二時）ごろである。陽射しは強かった。ただ、神田川の川面を渡ってきた風には涼気があり、暑いとは感じなかった。

「茂吉、重松屋の奉公人が殺された話をだれから聞いたのだ」

歩きながら、市之介が訊いた。

「中間仲間でさァ」

「そうか。……ところで、重松屋の番頭と手代だが、鶴乃屋に何しに行ったか聞いているか」

番頭と手代のふたりで、酒を飲みにいったとは思えない。商談か、何者かとの談判か、何かあったはずである。

「聞いてませんねえ」

茂吉が、鶴乃屋で訊いてみたらどうです、と言い添えた。

「そうだな」

市之介は、おとせから様子を聞いてみてからにしよう、と思った。

そんなやり取りをしている間に、ふたりは柳橋につづく町筋に入った。

「鶴乃屋の前を通ってみるか」

すこし遠まわりになるが、鶴乃屋は大川端に出る道筋にあるはずだ。

市之介たちは、稲荷の脇を左手におれた。細い路地をいっとき歩くと、表通りに突き当たった。右手におれれば、鶴乃屋の前に出られる。

表通りを一町ほど歩くと、通り沿いに料理屋らしい二階建ての店が見えてきた。

「あれだ」

鶴乃屋である。玄関の脇の植え込みのなかに、ちいさな石灯籠《いしどうろう》が置いてあった。玄関先に水が打ってあり、暖簾も出ていた。いかにも、老舗の料理屋といった感じのする落ち着いた雰囲気がある。

暖簾は出ていたが、まだ客はいないらしく店はひっそりとしていた。

市之介と茂吉は、鶴乃屋の店の前ですこし足を緩めただけで、そのまま通り過ぎた。今日のところは、店を見ておくだけにしようと思ったのである。

表通りを二町ほど歩くと、大川端に出た。大川の川面《かわも》が西日を映じて、淡い蜜柑《みかん》色に染まっていた。その西日のなかを客を乗せた猪牙舟《ちょきぶね》や荷を積んだ艀《はしけ》などが、ゆっくりと行き交っている。

「こっちでさァ」

茂吉が先に立って大川沿いの道を川下にむかって歩きだした。当てがあるらしい。

いっとき歩くと、船宿があり、その脇にちいさな桟橋があった。五艘《そう》の猪牙舟が舫《もや》ってある。

「旦那さま、重松屋のふたりが殺られたのは、その船宿の近くだと聞いてますぜ」

路傍に足をとめて、茂吉が言った。

「豊田屋《とよだや》という店だな」

戸口の掛《か》け行灯《あんどん》に、「船宿、豊田屋」と記してあった。店先に暖簾が出ていたが、まだ客はないらしく店内は静かだった。

「そこの桟橋の船頭に、訊いてみたらどうですかね」

茂吉が豊田屋の脇の桟橋を指差して言った。おそらく、豊田屋の持ち舟の発着に使われている桟橋であろう。

見ると、舫ってある舟のなかに船頭らしき男がふたりいた。客を乗せる支度でもしているらしく、船底に茣蓙《ござ》を敷いていた。

「船頭に訊いてみよう」

4

「ちょいと、すまねえ」

茂吉が船頭に声をかけた。

すると、船底に屈《かが》み込んで茣蓙をひろげていた船頭が顔を上げ、

「おれのことかい」

と、大声を上げた。大きな声でないと、桟橋の杭を打つ流れの音に掻《か》き消されてしまうのだ。男の歳《とし》は三十がらみであろうか。陽に灼けた赤銅《しゃくどう》色の肌をしていた。

「そうだ。訊きてえことがあってな」

茂吉も大きな声を出した。

「なにを訊きてえ?」

三十がらみの男は、船底に胡座《あぐら》をかいた。

もうひとりの船頭は隣の舟にいたが、ふたりの声を耳にしたらしく、船梁《ふなはり》に腰を落として、茂吉と市之介に顔をむけている。

「この辺りで、重松屋の番頭と手代が殺されたと聞いたんだがな」

茂吉が訊いた。

市之介は黙ったまま茂吉の後ろに立っていた。とりあえず、茂吉にまかせようと思ったのである。

「豊田屋の脇でさァ」

そう言うと、男はチラッと市之介に目をやり、

「八丁堀の旦那ですかい」

と、首をすくめるようにして訊いた。武士である市之介を奉行所同心と思ったら

しい。

「町方ではないが、公儀の者だ」

　市之介が静かな声で言った。そう言っておけば、火盗改《かとうあらため》か幕府の目付筋が調べに来たと勝手に思うだろう。

「ヘヘッ！」

　男は驚いたような顔をして、首をすくめるように頭を下げた。もうひとりの船頭も、深く頭を下げている。

「気を使うな。……念のために、訊いているだけだからな」

　市之介は声をやわらげた。

「それで、ふたりが斬られたところを見た船頭がいると聞いたのだがな」

　市之介が訊いた。

「へい、豊田屋の熊吉《くまきち》が、この桟橋にいて見たようでごぜえやす」

　三十がらみの男が言った。急に物言いが丁寧になった。

「熊吉はどこにいるのだ」

「豊田屋におりやす」

　三十がらみの男が言うと、

「あっしが呼んで来やしょうか」

と、隣の舟にいたもうひとりの男が言った。面長で、目の細い男である。

「頼む」

市之介が言うと、

「へい」

と応《こた》えて、面長の男が立ち上がった。

面長の男はすぐに桟橋に下り、通りにつづく石段を駆け上がった。

いっときすると、面長の男が手ぬぐいで頬っかむりをした男を連れてきた。黒の半纏《はんてん》を羽織り、細い股引《ももひき》に草履《ぞうり》履《ば》きである。

男は桟橋に下りると、頬っかむりを取った。若い男だった。怯えたような顔をしている。おそらく、面長の男が、ご公儀のお調べだ、とでも話したのだろう。

「熊吉か」

茂吉が顎を突き出すようにして訊いた。公儀の手先にでもなったつもりなのかもしれない。

「へい、熊吉で」

「おめえ、重松屋の番頭と手代が殺されたのを見たそうだな」

茂吉が訊いた。

「この桟橋から見やしたが、暗くてはっきりしやせん……。斬ったのは、お侍のようでした」

熊吉が小声で言った。川の流れの音に声が掻き消され、よく聞こえなかった。

「下手人はひとりか」

脇から、市之介が声を大きくして訊いた。

「いえ、三人で」

熊吉の声もすこし大きくなった。

「三人だと」

市之介が驚いたような顔をして訊いた。

「刀を抜いたのはふたりでしたが、三人いやした」

熊吉が話したことによると、一昨日の晩、商家の番頭ふうの男と手代ふうの男が、川上の方から大川端の道を足早に歩いてきたという。提灯は持っていなかったが、月夜だったので、ふたりの姿は見えたそうである。

熊吉がふたりの方に目をやっていると、

「待て！」

という声が後方でし、走り寄る複数の足音が聞こえた。

男が三人、追いかけてくる。三人とも、刀を差していたので、武士であることが分かった。三人のなかのふたりが、抜き身を手にしていた。夜陰のなかに、刀身が月光を反射《はね》て銀蛇《ぎんだ》のようにひかっている。

「そ、そんとき、あっしは追剝《おいは》ぎか辻斬りにちげえねえと思いやしてね、石段の近くまで行って、見たんでさァ」

熊吉が、声を震《ふる》わせて言った。そのときの恐怖が蘇《よみがえ》ったのだろう。

「三人の武士の顔を見たか」

市之介が訊いた。

「顔は見えやせんでした。暗くて……」

「身装《みなり》は？」

「ふたりは羽織袴姿で、もうひとりは小袖に袴だけでした」

「ひとりは、牢人体ではなかったか」

「はっきりしやせんが、牢人のようにも見えやした」

「うむ……」

市之介は、青柳家を訪ねたという三人の武士のことを思い出した。ふたりの中間から聞いた話によると、ふたりは歴《れっき》とした武士で、ひとりは牢人ふうだったという。

……同じ男たちだな。

と、市之介は確信した。となると、重松屋の番頭と手代殺しも、青柳家の件と同じ筋ということになりそうだ。

「番頭と手代は、殺される前に何か言っていなかったか」

市之介が声をあらためて訊いた。

「助けて、と叫んだだけで……」

熊吉の顔からこわばった表情が消えていた。市之介と話したことで、恐怖心が払拭されたらしい。

「三人組の武士は？」

「斬った後で、何か話してやした。きっと、あっしが桟橋にいたのを気付かなかったんでさァ」

「何を話してたのだ？」

「ふたりの声が、ちょいと聞こえただけなんで」

熊吉によると、牢人体の男が、「重松屋はどうする」と訊いたという。すると、別の武士が、「……出させるさ、そのために斬ったのだからな」と応えたそうだ。

「何を出させる、と言ったのだ？」

市之介が声を大きくして訊いた。

「分からねえ。他にも話したようだが、聞き取れなかったんでさァ」

三人の武士は、すぐに足早に川下の方へ歩き去ったという。

「一昨日のことは、それだけでして」

熊吉が、小声でいい添えた。

市之介は、念のために三人の武士の体軀や持ち物、刀の鞘《さや》の色まで訊いたが、熊吉は覚えていなかった。無理もない。夜陰のなかだし、熊吉も動転していたはずである。

話が一段落したところで、

「町方にも話したのか」

と、市之介が訊いた。

「へい、親分さんに話しやした」

熊吉が首をすくめて言った。

5

柳橋に出かけた翌日、市之介は庭にいた茂吉に、

「茂吉、いっしょに来るか」

と、声をかけた。

まだ、五ツ（午前八時）ごろだった。朝餉を終えて、一休みしたところである。

「旦那さま、どちらへ」

茂吉が声を上げた。

「日本橋室町だ」

「重松屋ですかい」

「そうだ」

市之介は、熊吉の話から三人の武士は、重松屋から金を強請ろうとしたのではないか、と踏んだ。武士のひとりが、そのために斬った、と口にしたことからみても、番頭と手代は強請りの手段として斬られたのではないかと思ったのだ。

……青柳も同じではあるまいか。

と、市之介は思った。同じなら、重松屋の下手人を手繰れば、青柳家に仕える佐久と山尾を斬った下手人も突きとめられると読んだのである。

「行きやしょう」

茂吉が、張り切って言った。青井家に残って雑用をするより、市之介の供の方がいいのだろう。

市之介と茂吉は、屋敷を出てから下谷の武家屋敷のつづく通りをたどって神田川沿いの道に出た。そして、神田川にかかる和泉橋を渡って内神田の道筋をたどり、日本橋の表通りへ入った。

表通りを日本橋方面へしばらく歩くと、室町である。大変な賑《にぎ》わいを見せていた。通り沿いには土蔵造りの大店が軒を連ね、様々な身分の老若男女が行き交っている。

「旦那さま、重松屋ですぜ」

茂吉が指差した。

通りの半町ほど先に重松屋が見えてきた。土蔵造りの二階建ての店舗だが、それほど目立たなかった。通り沿いには、重松屋より間口のひろい呉服屋、太物《ふともの》問屋、薬種問屋などの大店が並んでいたからである。

重松屋の前まで行くと、暖簾越しに店内が見えた。土間の先の座敷に商家の旦那ふうの男、と黒羽織姿の武士がいた。ふたりは客らしく、手代と何やら話している。座敷の奥の帳場では、手代が天秤で金、銀の重さを計り、番頭が帳場机を前にして算盤《そろばん》をはじいていた。いつもどおり、重松屋は商《あきな》いをしているらしい。

市之介は重松屋の脇の天水桶の陰に足をとめ、

……さて、どうしたものか。

と、思った。店に乗り込んで、話を訊くのも気がひけた。かといって、これだけ大店が並んでいると、近所の店に入って話を訊くのもむずかしい。

「旦那さま、重松屋の奉公人に訊くのが手ですぜ」

茂吉が小声で言った。

「だが、店に入って訊くのはな」

市之介は二の足を踏んだ。町方同心や火盗改ならともかく、非役の旗本が店に乗り込んで話を訊くわけにはいかないのである。

「だれか、出てくるのを待ちやしょう」

そう言って、茂吉が通りに目をやった。身を隠す場所を探しているらしい。

「旦那さま、斜向《はすむ》かいの路地はどうです。あそこなら、重松屋の店先が見張れやすぜ」

茂吉が指差した。

「そうだな」

その路地は、大店の土蔵と隣の店の板塀の間にあった。細い路地である。そこからなら、不審を抱かれずに、重松屋を見張れそうである。

市之介と茂吉は、路地に移動した。そして、板塀に身を寄せるようして、重松屋の店先に目をやった。

だが、なかなか話の聞けそうな者は出てこなかった。

「茂吉」

市之介が声をかけた。路地の角に立ったままなので、退屈してきたのである。

「なんです?」

「おまえ、中間より岡っ引きの方が性に合っているのではないか」

「へっへへ……。そうでもねえや」

茂吉が照れたような顔をしてつぶやいた。

「八丁堀同心の手先にでもなったらどうだ」

「八丁堀の旦那より、うちの旦那さまの方がいいや。……あっしのことより、旦那さまだ。町奉行の与力あたりは、どうです」

茂吉が上目遣いに市之介を見ながら言った。

「与力な」

まったく可能性はないが、ここで話すだけなら勝手である。

そんな話をして時間をつぶしていたが、腹が減ってきた。喉も渇いている。すでに、陽は西の空にかたむいていたが、市之介は朝飼を食べただけで、何も口にしていなかったのだ。

「茂吉、腹ごしらえをしないとどうにもならんな」

「あっしも、腹がへっちまって……」

茂吉がげんなりした顔で言った。

「この路地の先に、そば屋でもないかな」

市之介たちのいる路地には店屋はないが、半町ほど先で通りに突き当たっていた。その通りは裏通りらしいが、飲食《のみくい》のできる店がありそうである。

「行ってみやしょう」

すぐに、茂吉が言った。

二人はその場を離れ、路地の先の通りに出た。

「旦那さま、あそこにそば屋がありやす」

通りに出ると、すぐに茂吉が言った。

通り沿いに、そば屋があった。そば屋にしては、大きな店である。座敷もありそうだ。

「あの店にしよう」

ふたりは、そば屋の暖簾を分けて店内に入った。

土間の先に追い込みの座敷があり、数人の客がそばをたぐったり酒を飲んだりしていた。市之介は戸口近くにいた小女に、別の座敷はないか訊くと、

「あいてますよ」

と言って、ふたりを追い込みの座敷の奥の小座敷に案内した。

6

店の女将らしい年増《としま》が、頼んだそばと酒を運んでくると、

「つかぬことを訊くが、表通りの重松屋を知っているかな」

と、市之介が声をかけた。

ここから重松屋まで近かったので、事件のことで何か知っているかもしれないと

思ったのである。

「ええ、知ってますけど」

年増は怪訝な顔をした。突然、市之介が重松屋のことなど持ち出したからであろう。

「番頭と手代が殺されたことは？」

かまわず、市之介が訊いた。

「噂は聞いてます」

年増は困惑したような顔をし、座敷から出たいような素振りを見せた。得体の知れない男と迂闊《うかつ》なことは話せないと思ったようだ。

すると茂吉が年増の方に首を伸ばし、

「女将、こちらはご公儀の方なのだ」

と、声をひそめて言った。

「……………！」

年増の顔に、驚きと畏《おそ》れの色が浮いた。盆を手にした肩先がかすかに震えだした。

「そう気にすることはない。念のために、訊くだけだ。此度《こたび》の件は町方のかかわりでな、われらの出る幕ではないのだ」

市之介が笑みを浮かべて言った。

「そうですか」

年増の顔に安堵したような表情が浮いた。市之介の話を聞いて、それほど心配することはないと思ったのかもしれない。

「殺された番頭と手代の名を知っているかな」

市之介は、まだふたりの名を聞いていなかったのだ。

「ええ、知ってます。番頭さんは、徳蔵《とくぞう》さん、手代は房次郎《ふさじろう》さんですよ」

女将が言った。客に対するふだんの物言いである。

「殺した下手人のことで、何か心当たりはないかな。辻斬りや追剝ぎの仕業ではないようなのだ」

市之介が声を低くして訊いた。

「さァ……」

年増は首をひねった。

「下手人は三人でな。いずれも武士のようなのだが、何か思い当たることは？」

「……何もありません」

そう言って、年増はふたたび座敷から出たいような素振りを見せた。忙しいのかもしれない。

「ところで、重松屋だが、ちかごろ何か変わったことはないかな」

かまわず、市之介が訊いた。

「そういえば、娘さんがいなくなったという噂を聞いてますよ」

年増が急に声色《こわいろ》を変えて言った。体を市之介にむけ、腰を屈めている。

「重松屋のあるじの娘か」

市之介は驚いたような顔をした。

「ええ、およしさんといいましてね。たしか、十七だと思いますけど。大変な器量よしでしてね。やっかみもあって、男と駆け落ちしたらしいという者もいるんですよ」

年増が、急に声をひそめた。目に好奇の色がある。こういう話は、嫌いではないらしい。

「いつごろからいなくなったのだ」

「はっきりしたことは知りませんけど、いなくなって半月ほど経《た》つはずですよ」

「半月か……」

市之介は、徳蔵と房次郎が殺されたことと娘のおよしの失跡は、何かかかわりがあるかもしれないと思った。

「ところで、重松屋が脅されているというような噂を耳にしたことはないか」

「さァ……」

年増は首をひねった。

いっとき、市之介が虚空《こくう》に視線をとめて黙考していると、

「わたしはこれで……」

年増が言い残し、慌てた様子で座敷から出ていった。いつまでも、油を売っているわけにはいかないと思ったらしい。

市之介と茂吉は酒で喉をうるおし、そばで腹ごしらえをしてから重松屋を見張るために身を隠していた路地へもどった。

半刻（一時間）ほどすると、茂吉が生欠伸《あくび》を嚙み殺しながら、

「旦那さま、今日のところは諦めましょうか」

と、言い出した。これ以上、見張っていても話の訊けそうな者は出てこないと思ったようだ。

そのときだった。重松屋の店先から武士がふたり出てきた。

「糸川と彦次郎だ！」

思わず、市之介が声を上げた。

すぐに、市之介と茂吉は通りへ出た。そして、糸川たちに走り寄った。

「青井ではないか。こんなところで何をしている」

糸川が足をとめ、驚いたような顔をした。彦次郎も立ちどまって、市之介に目をむけている。

「おぬしたちは、番頭と手代が殺されたことで、重松屋に聞き込みに来たのか」

市之介が訊いた。

「そうだ。青柳の件と、何かかかわりがあるとみてな。おまえは？」

「おれもそうだが、ともかく歩きながら話そう。ここに立っていたのでは、人目につき過ぎる」

そう言って、市之介は歩きだした。

室町の表通りは、まだ賑わっていた。大勢の通行人が行き交い、雑踏のなかを、騎乗の武士、辻駕籠、荷を積んだ大八車などが通り過ぎていく。

「近所で噂を聞いたのだがな、重松屋の娘が、半月ほど前からいなくなったそうではないか。そのことで、何か聞いたか」

歩きながら市之介が訊いた。

「そんなことがあったのか。弥右衛門《やえもん》のやつ、娘のことなど何も言ってなかったぞ」

糸川が憤慨したような口吻で言った。

重松屋のあるじの名は弥右衛門で、五十がらみの恰幅《かっぷく》のいい男だそうである。ただ、ひどく憔悴《しょうすい》していて、目のまわりは隈《くま》取り、目も虚《うつ》ろだったという。

「弥右衛門は番頭と手代が殺されたことで夜も眠れず、疲れ果ててしまった、と口にしていたが、娘がいなくなったせいだったのだな」

糸川が低い声で言い添えた。

「それで、殺された番頭と手代は何しに鶴乃屋へ行ったのだ」

市之介が訊いた。肝心《かんじん》なことなので、糸川は弥右衛門に訊いたはずである。

「得意先との商談だそうだ」

糸川が言った。

「商談相手は？」

「はっきりしたことは口にしなかったが、呉服屋の大店だそうだ」

「怪しいな」

「いずれにしろ、鶴乃屋に当たれば、知れるだろう」

糸川が低い声で言った。

「鶴乃屋か」

市之介も、鶴乃屋が事件の鍵を握っているような気がした。

そんな話をしながら、市之介たち四人は日本橋の表通りを和泉橋にむかって歩いた。今日のところは、このまま屋敷に帰ろうと思ったのである。

市之介たち四人の跡《あと》を、ひとりの男が尾《つ》けていた。男は市之介たちが重松屋の店先から一町ほど離れたとき、重松屋の脇にあった天水桶の陰から通りへ出て尾け始めたのだ。男は格子縞《じま》の着物を裾高に尻《しり》っ端《ぱ》折《しょ》りしていた。遊び人ふうである。歳は三十がらみであろうか。肌が浅黒く、剽悍《ひょうかん》そうな面構えをしていた。

男は市之介たちの跡を尾けていく。

市之介たちは、尾行している男に気付かなかった。もっとも、大勢の通行人のなかにまぎれていたので、振り返っても目にとまらなかっただろう。

7

その日、市之介は陽が西の空にかたむいてから自邸の玄関を出た。木戸門から出るおり、付近に茂吉の姿がないのを確かめた。今日は浜富に行くつもりだったので、茂吉を連れていけないのである。

幸い茂吉の姿はなかった。庭で草取りでもしているのだろう。

市之介が浜富の暖簾をくぐると、二階に上がる階段付近にいたお富が、目敏《めざと》く市之介の姿を目にし、

「あら、青井さま、いらっしゃい」

と声を上げ、すぐに近付いてきた。

「女将、厄介《やっかい》になるぞ」

市之介は刀を鞘ごと抜きながら言った。

「おとせさんを呼びますからね。座敷はいつもの桔梗の間でいいでしょう」

お富が愛想笑いを浮かべて言った。

「頼む」

市之介は、お富の案内で二階の桔梗の間に腰を落ち着けた。

酒肴の膳がとどき、市之介はおとせの酌で喉を潤すとすぐに、

「どうだ、何か知れたか」

と、訊いた。今日はおとせに、鶴乃屋のことで話を訊きに来たのである。

「おせんちゃんに訊いたんですけどね。たいしたことは、分からないのよ」

おとせが話しだした。

青柳は、鶴乃屋にひとりで飲みに来ることが多かったという。青柳は船遊びが好きで、一年ほど前から大川に船で出て飲むようになったそうだ。ただ、これまで店で揉め事を起こしたことはなかったし、強請られているような様子はなかったという。

「船遊びというのは？」

市之介が訊いた。

「夏場が多いんですけどね。屋根船で大川を下りながら飲むんですよ。ひとりといっても、気にいった女中さんを乗せて酌をさせたり、いい女《ひと》を連れてきて、ふたりだけで飲んだりするの」

そう言って、おとせが市之介に身を寄せた。襟元から乳房の谷間と緋色《ひいろ》の襦袢《じゅばん》が覗《のぞ》き、なんとも色っぽい。

「鶴乃屋は、そんなことまでしているのか」

浜富は、店の座敷で飲ませるだけである。

「馴染みのお客さんだけですよ。それも、お客さんからそうして欲しいと頼まれたときだけのようですよ。……船を仕立てるのも、大変ですからね。よほど、懐《ふところ》の暖かい男《ひと》でないとできないお遊びですよ」

おとせが、上目遣いに市之介を見ながら言った。

市之介は、旦那には無理ですよ、と言われたような気がしたが、そのことには触れず、

「ところで、大川端で殺された番頭と手代も、鶴乃屋からの帰りに襲われたらしいが、そのことで何か耳にしたか」

と、話題を変えた。

「番頭さんと手代も、舟で大川に出たそうですよ」

「なに、舟で大川に出ただと」

「ええ、おせんちゃんが、そう言ってました」

「ふたりだけでか」

番頭とはいえ、奉公人である。それが手代とふたりだけで、贅沢《ぜいたく》な船遊びをしたとは思えなかった。

「おせんちゃんの話だと、他のお客といっしょだったらしいけど、別々に店を出たらしくて、だれといっしょだったたか、分からないそうです」

「うむ……」

市之介は、三人の武士といっしょだったのではないかという気がした。いずれにしろ、番頭と手代を乗せた舟の船頭に訊けば様子が知れるだろう。

「ねえ、旦那、飲んで」

おとせは甘えるような声で言って、銚子を取った。

市之介は杯についでもらいながら、

「鶴乃屋の女将はお峰《みね》だそうだが、旦那の名は？」

と、訊いた。

市之介はお峰の名を聞いていたが、旦那の名は知らなかったのだ。

「谷左衛門《やざえもん》さんですよ」

おとせによると、三年ほど前まで鶴乃屋のあるじは安兵衛《やすべえ》という男だったが、安兵衛の道楽で店が左前になり、谷左衛門が店を居抜きで買い取って商売をつづけているという。店を買い取ったおり、お峰も連れてきて女将として店の切り盛りをさせているそうだ。

「女将さん、谷左衛門さんの情婦《いいひと》らしいよ」

おとせが、小声で言い添えた。

「谷左衛門だが、鶴乃屋のあるじにおさまる前は何をしていたのだ」

「深川《ふかがわ》の方で料理屋をしていたと聞いてるけど、くわしいことは……」

分からない、と言って、おとせは首をひねった。

それから、市之介は一刻（二時間）ほど飲んでから腰を上げた。

「また来ておくれよ」

おとせは寂しそうな顔をして、市之介を店先まで送ってきたが、店の外での密会を誘うようなことは口にしなかった。おとせも自分の立場をわきまえているのである。

浜富を出ると、柳橋の通りは濃い夕闇に染まっていた。それでも、料理屋、料理茶屋、飲み屋などの多い通りは、賑わっていた。通り沿いの店から酔客の談笑の声や女たちの嬌声などが聞こえ、酔客、箱屋《はこや》（箱に入れた芸妓の三味線を持ち運ぶ男）を連れた芸者、これから一杯やろうという男などが、行き交っている。

市之介はひとり、大川端沿いの通りへ出た。川風に当たって酔いを醒《さ》まそうと思ったのだ。それに、酒気で火照《ほて》った肌は、川風が心地好いのである。

大川端沿いの通りは、まだ明るさが残っていた。西の空には、茜《あかね》色の残照がひろがっている。

大川の川面は黒ずんでいた。無数の波の起伏が、巨大な龍の鱗《うろこ》のように見える。大川の滔々《とうとう》とした流れは、両国《りょうごく》橋の彼方の新大橋の黒い橋梁《きょうりょう》の先までつづき、夕闇のなかに茫漠《ぼうばく》と霞んでいる。

そのとき、背後で、ヒタヒタと足音がした。

見ると、網代笠《あじろがさ》をかぶった大柄な武士がひとり、足早に歩いてくる。羽織袴姿で、二刀を帯びていた。

……あやつ、ただ者ではない。

と、市之介は察知した。

武士の身辺に獲物を追う野獣のような気配があったのである。

8

……前からも来る！

市之介は足をとめた。

ふたりだった。ひとりは武士で、やはり網代笠をかぶっていた。ただ、小袖に袴姿で、大刀を一本落とし差しにしていた。牢人のようである。

もうひとりは町人だった。手ぬぐいで頰っかむりしているので、顔は見えなかった。格子縞の小袖で裾高に尻っ端折りしていた。あらわになった両脛《ずね》が、夕闇のなかに白く浮き上がったように見える。

町人は市之介たちを重松屋から尾けた男だが、市之介は知らない。

……挟み撃ちか！

市之介は、三人の身辺に殺気があるのを感じ取った。

やるしかない、と察知した市之介は、すばやい動きで大川の岸を背にして立った。背後にまわられるのを防いだのである。

牢人が、かぶっていた網代笠を路傍に投げた。

……頭巾をかぶっている！

顔を黒頭巾で隠していた。網代笠をかぶっていたのは、通りすがりの者に見咎《みとが》められないようにしたのだろう。笠を取ったのは、斬り合いに邪魔だからだ。

牢人が、すばやい動きで市之介の正面に立った。痩身だが、肩幅がひろく、腰が据わっていた。一見して遣い手と分かる体軀である。

一方、大柄な武士は、市之介の左手にまわり込んできた。笠はかぶったままである。町人は、武士の後方にいた。闘いにくわわる気はないようだ。

「何者だ！」

市之介が誰何《すいか》した。

「おれたちは、辻斬りだ」

牢人がくぐもった声で言った。市之介を見すえた双眸が、夕闇のなかで夜禽《やきん》のように底びかりしている。

「うぬらだな、重松屋の番頭と手代を斬ったのは」

おそらく、佐久と山尾を斬ったのも、この男たちだろう、と市之介は思った。ただ、番頭と手代を斬ったとき、武士が三人いたらしいので、もうひとり別の仲間がいるのかもしれない。

「さて、どうかな」

言いざま、牢人が抜刀した。

つづいて、左手の武士も刀を抜いた。夕闇のなかにふたりの刀身が、にぶい銀《しろがね》色《いろ》にひかっている。

「やるしかないようだな」

市之介も抜刀した。

市之介は青眼に構えた。切っ先が牢人の目線に、ピタリとつけられている。

一瞬、牢人が瞠目《どうもく》した。市之介の構えに驚いたのだろう。牢人は市之介の剣尖《けんせん》が眼前に迫ってくるような威圧を感じたにちがいない。

だが、すぐに牢人は目を細めた。笑ったようにも見えたが、頭巾で顔を隠しているので、表情は読めなかった。

「いくぞ！」

牢人は青眼に構えてから、刀身をすこし下げ、切っ先を市之介の胸のあたりにつけた。やや腰を沈めている。

切っ先に、そのまま胸を突いてくるような気配があった。

……狙いは突きか。

そう読んだとき、市之介の脳裏《のうり》に、籠手と喉元を突かれて死んでいた佐久の姿がよぎった。

……佐久を斬ったのは、こやつだ！

と、市之介は察知した。

やはり、佐久と山尾を斬ったのは、この男たちのようだ。

一方、大柄な武士は、低い八相に構えていた。笠が邪魔にならないように刀身を寝かせている。腰の据わったどっしりとした構えである。

……こやつも、遣い手だ！

と、市之介はみてとった。

ただ、市之介との間合がすこし遠かった。それに、一撃必殺の気魄がない。おそらく、対峙した牢人にまかせるつもりなのだ。

牢人と市之介との間合は、およさ三間半（六・三メートル）。まだ、一足一刀の間合からは遠かった。

牢人が趾《あしゆび》を這うようにさせて、ジリジリと間合をせばめてくる。市之介の胸にむけられた切っ先には、そのまま突いてくるような威圧があった。

市之介は気を鎮《しず》めて、牢人との間合と気の動きを読んでいた。

……初太刀は突きだ！

初太刀が読めているだけに、斬撃の起こりをとらえれば、突きをふせげる、と市之介は踏んだ。

ふいに、牢人の寄り身がとまった。斬撃の間境の半歩手前である。

そのとき、フッ、と牢人の剣尖が沈み、牢人の全身に斬撃の気配が見えた。

……まだ、遠い！

と、市之介が頭のどこかで思った瞬間だった。

牢人の全身に斬撃の気がはしり、牢人の体が膨れ上がったように見えた。

タアッ！

鋭い気合と同時に、牢人の体が躍動した。

トオッ！

間髪をいれず、市之介は刀身を横に払った。牢人の初太刀を籠手への突きとみて、切っ先を払おうとしたのである。

迅《はや》い！

牢人の突きが、稲妻のように市之介の籠手を襲う。一方、市之介の刀身は空《くう》を払って流れた。

右手の甲にかすかな衝撃がはしった瞬間、市之介は右手後方に跳んだ。一瞬の反応である。

すかさず、牢人の二の太刀がきた。迅雷《じんらい》の突きが、市之介の胸元を襲う。だが、切っ先は市之介の肩先をかすめて空を突いた。市之介が真後ろではなく、右手後方に身を引いたため切っ先が胸をはずれたのだ。

さらに、市之介は右手に跳んだ。左手には、大柄な武士がいたからである。

市之介は牢人と大きく間合をとると、ふたたび青眼に構えた。右手の甲が赤く染まり、タラタラと血が赤い筋をひいて流れ落ちていた。

だが、深手ではないようだ。右手は自在に動くし、腕の震えもない。

「よくかわしたな」

牢人の目が細くなった。今度は、笑ったらしい。

牢人はふたたび青眼から刀身を低くし、切っ先を市之介の胸につけた。

……次はかわせぬ！

と、市之介は察知した。

牢人は、さきほどより間合をつめてから仕掛けてくるにちがいない。そうなったら、右手の甲は深く突かれるだろう。それに、左手の大柄な武士の構えにも、斬撃の気配があった。市之介の動きによっては、左手から斬り込んでくるはずだ。

……川へ飛び込んで逃げるしか手はない。

そう思って、市之介が後じさったときだった。

「青井の旦那だ！」

という声が聞こえた。

目をやると、すこし離れた路傍に数人の人影があった。いずれも男である。通りかかった町人たちらしいが、市之介を知っている者がいるようだ。牢人たちとの闘いに気を奪われて、男たちに気付かなかったのだ。

「旦那が、斬られる！」

別の男が叫んだ。

「おい、みんな、青井の旦那を助けるんだ！」

「石だ！　石を投げろ」

と、男たちの叫び声がし、つづいて、気合や掛け声とともに、石礫《いしつぶて》がばらばらと飛んできた。

「おのれ！　町人ども」

大柄な武士が男たちに顔をむけて刀を振り上げたが、そこへ石礫が飛んできて、袴や腕に当たった。

「ひ、引け！」

大柄な武士が叫んだ。

その声で、牢人は後じさり、市之介との間合があくと、

「青井、勝負はあずけた」

と言い残し、反転して走りだした。

大柄な武士と路傍にいた遊び人ふうの男もきびすを返して駆けだした。

……命拾いしたな。

市之介は刀を納めると、助勢してくれた男たちに目をやった。

「旦那、でえじょうぶですかい」

紺の筒袖《つつそで》に股引《ももひき》姿の男が、駆け寄ってきた。その後ろから、四人の男が小走りに近寄ってくる。半纏に褌《ふんどし》だけの半裸の男、袖無しにたっつけ袴の男、小袖に裾高に尻っ端折りした男など、奇妙な身装《みなり》の連中である。

「泉次《せんじ》か」

市之介は思い出した。籠抜《かごぬ》けの泉次である。

泉次は、両国広小路《ひろこうじ》で籠抜けの大道芸を観《み》せている男である。籠抜けとは、底のない大きな竹籠を六尺（一八二センチ）ほどの高さの台の上に置き、掛け声とともに頭から飛び込んで籠を抜ける技である。籠の下から刀の切っ先を立てて置き、そのなかを飛び抜ける芸当を観せることもあった。

泉次は籠抜けの名人だった。猿のように身軽である。その泉次が、両国広小路を縄張りにしている遊び人たちに因縁をつけられ、大川端で袋叩きの目に遭《あ》ったことがあった。そのとき、ちょうど通りかかった市之介が、泉次を助けたのである。

「へい、泉次で」

丸顔に糸のような細い目をしていた。その顔に心配そうな表情があった。市之介の右手の血を見たらしい。

「なに、かすり傷だ」

市之介は、懐から手ぬぐいを出して手の甲に巻き付けた。しばらくすれば、血がとまるだろう。

「泉次、助かったぞ」

市之介は、集まった男たちに目をやって言った。

すると、泉次が、

「あっしの仲間でさァ」

と言って、男たちを紹介した。

泉次と同じように、両国広小路で大道芸を観せている者や屋台で物売りをしている者たちらしい。今日は、両国広小路で銭を稼いだ後、この近くの飲み屋に来て一杯やった帰りだそうだ。

「みんなのお蔭で助かった。礼を言うぞ」

市之介が言うと、男たちが歓声を上げ、なかには飛び跳ねて奇声をあげる者もいた。身軽な男たちだが、いくぶん酔った勢いもあるようだ。

第三章　相対死《あいたいじに》

1

「それで、船頭は知れたのか」

糸川が、市之介に訊いた。

市之介の家の縁先だった。この日、糸川が姿を見せ、ふたりがこれまで探った情報の交換をしていたのだ。糸川からは、たいした話が聞けなかった。青柳家に力を注いで探ったようだが、下手人につながるような手掛かりはつかめなかったらしい。ただ、青柳家の女中の話から、与之助が屋敷を訪れた三人の武士に大金を脅し取られたらしいことが分かったようだ。

一方、市之介は殺された重松屋の番頭と手代が、鶴乃屋が調達した屋根船で大川に出て、何者かと会ったらしいことを話し、その船の船頭から話を訊けば、一味の様子が知れるのではないかと言い添えたのだ。

「それが、分からないのだ」

市之介は、船頭の名も所在もつかめないでいた。

鶴乃屋から近い大川端を歩き、桟橋にいた船頭や船宿の主人などに訊いたが、それらしい船頭は分からなかった。

鶴乃屋が屋根船を調達して、客に船遊びをさせていることを知っている者は何人かいたが、だれも、船頭の名はむろんのこと、鶴乃屋がどこで船を調達しているかも知らなかった。

「どういうことだ」

糸川が首をひねった。

「鶴乃屋が、船遊びをさせていることを隠しているにちがいない。その船が、悪事に使われているからではないかな」

市之介が言った。

「すると、鶴乃屋も一枚嚙んでいるというわけか」

「そうみた方がいいな」

「だが、おれたちは町方ではないし、鶴乃屋のあるじを捕らえて吟味するのはむずかしい。ひそかにやるしか手はないぞ」

糸川が声をひそめて言った。

「まだ、駒があるまい。鶴乃屋が悪事に荷担している証《あかし》は何もないのだ。……船遊びのことも、お忍びで遊びたい客のためだと言われればそれまでだ。それに、一味の者が鶴乃屋を利用しているだけかもしれんからな」

市之介は、まだ鶴乃屋のあるじを捕らえるのは早いと思った。

「いずれにしろ、もうすこし探ってみねばならんな」

そう言って、糸川が膝先の湯飲みに手を伸ばしたときだった。

縁先に走り寄る足音がし、

「旦那さま！　旦那さま！」

茂吉の声が聞こえた。ひどく慌てている。何かあったらしい。

すぐに、市之介は立ち上がり、障子をあけて縁先に出た。

「どうした？」

「また、大川端で殺されやした」

茂吉が昂《たかぶ》った声で言った。

「だれが殺されたのだ」

市之介は縁先に立ったまま訊いた。糸川も縁先に出て来て、市之介の脇に立っている。

「若い侍と娘で」

「おれたちと、何かかかわりがあるのか」

「おおありでさァ。娘は、重松屋のおよしですぜ」

茂吉が顎を突き出すようにして言った。

「なに！　重松屋の娘だと」

思わず市之介の声が大きくなった。糸川も、息を呑《の》んだ。

「侍の名は？」

「そこまでは、分からねえ」

茂吉によると、通りかかったぼてふりが、顔見知りの長屋の女房に大川で男女の死体が揚《あ》がったことを話しているのを耳にし、くわしく訊いたという。

「場所は？」

市之介が訊いた。

「薬研堀《やげんぼり》近くの桟橋のようです」

薬研堀は、両国広小路の南に位置している。

「行ってみよう」

すぐに、市之介と糸川は屋敷を出た。

四ツ（午前十時）ごろである。初夏の強い陽射しが、武家屋敷のつづく通りを照らしていた。通りには、ぽつぽつと人影があった。そこは武家地だったので、武士の姿が目立ったが、笠をかぶっている者が多かった。

市之介たちは陽射しのなかを足早に歩き、神田川沿いの通りへ出ると、柳橋の方へ足をむけた。

神田川にかかる新《あたら》シ橋を渡って柳原《やなぎはら》通りに出ると、両国橋の方へむかった。賑やかな両国広小路を抜けて大川端へ出ると、薬研堀はすぐである。

大川端沿いの道を川下にむかっていっとき歩くと、

「あの桟橋のようですぜ」

茂吉が前方を指差した。

大川の岸辺から川面に突き出た桟橋の上に、人だかりができていた。通りすがりの野次馬、両国橋の橋番、岡っ引きらしい男、それに八丁堀同心の姿もあった。黄《き》八丈《はちじょう》の小袖を着流し、黒羽織姿なので、遠目にも八丁堀同心と知れるのである。

市之介たちは桟橋につづく石段を下りたが、桟橋には野次馬が多く、それ以上前に進めなかった。

「前をあけろ！」

糸川が語気を強めて言った。

その声で、人垣が割れた。糸川は大柄で、武辺者らしいいかつい面構《つらがま》えをしていたので、恐れをなしたらしい。

市之介たちは、人垣の間を押し分けるようにして前に出た。桟橋の先端近くで、八丁堀同心が屈んでいた。色の浅黒い四十がらみの男である。同心の足元に、ふたりの死体が横たわっていた。女と男である。同心は検屍をしているらしい。

市之介は八丁堀同心の後ろにいた岡っ引きらしい男の肩越しに、横たわっている死体を覗いた。

女は仰向《あおむ》けになって死んでいた。面長で、鼻筋のとおった若い女である。女のあらわになった肌が、初夏の陽射しに白くかがやいていた。着物や緋色の襦袢がはだけて、乳房や大腿《ふともも》があらわになっている。髷《まげ》はざんばら髪で濡れ、細い筋になって首筋や胸をおおっていた。女の裸体に、無数の黒蛇がからまっているように見える。

女の胸に刃物で突いたような傷があった。それが致命傷らしかったが、血の色はあまりなかった。着物の襟元が、どす黒く染まっているだけである。おそらく、川を流されている間に洗われたのであろう。

その娘の脇に、男が横たわっていた。仰臥《ぎょうが》し、口をあんぐりあけて死んでいる。口から歯が覗き、陽射しを反射《はね》て白くひかっていた。

武士だった。小袖に袴姿である。髪も着物も、ぐっしょり濡れていた。おそらく、ふたりは大川を流れてきて、桟橋の杭にでもひっかかったのだろう。船頭か両国橋の橋番の者が、桟橋にひき揚げたにちがいない。

武士の腰に、小刀の鞘だけ残っていた。武士の小袖も胸元が大きくひらいている。その胸に、娘と同じような刺し傷があった。八丁堀同心が、傷を見るために着物の襟をひろげたのかもしれない。

そのとき、市之介の脇に立っていた糸川が、八丁堀同心に近付き、

「それがし、公儀の目付筋の者でござるが、この者の名は」

横たわっている男を指差して、小声で訊いた。

同心は驚いたような顔をして糸川を見たが、

「まだ、何者なのか知れませせぬ」

と、答えた。

「女は？」

「重松屋という両替商の娘のようです」

同心は俯《うつむ》いたまま小声で答えた。やはり、およしである。

「ふたりとも、胸を突かれて殺されたようだが、下手人の目星は」

さらに、糸川が訊いた。

「殺されたのではなく、相対死《あいたいじに》のようです」

同心がはっきりと言った。

「なに、相対死だと」

糸川の声が大きくなった。

「そうです。これを見てもらえば、分かるでしょう」

同心は、武士の左袖を捲《まく》って見せた。

左手の手首が、細い紐《ひも》で縛ってあった。その紐は娘の左手まで伸び、やはり手首が縛ってある。

「好き合った若いふたりは、武士と商家の娘。思いは遂《と》げられず、あの世でいっしょになろうと、左手を結び合ったまま自害したってわけですよ」

同心が、急に伝法《でんぽう》な物言いをした。地が出たらしい。口元に薄笑いが浮いている。

「うむ……」

糸川が渋い顔をした。

「この紐だけでは、ないんです。柳橋の桟橋に、ふたりの物と思われる履《は》き物が脱いでありましてね。きちんと並んで置いてありましたよ。それに、ふたりが使ったと思われる小刀が二本、桟橋に落ちてました。ふたりで、胸を突き合って死んだ、そうみていいと思いますよ」

同心は小声だが、自信に満ちた声で言った。

「そうか」

糸川は反論できなかった。

そのまま後ろへ下がり、市之介のそばに来ると、

「相対死だそうだよ」

と、顔をしかめて言った。

2

廊下を慌ただしそうに歩く足音がし、障子があくと、佳乃が顔を出し、

「兄上、彦次郎さまがいらっしゃいました」

と、昂った声で言った。目がかがやき、頬が紅潮して紅葉色《もみじいろ》に染まっている。

「剣術の稽古か」

このところ、彦次郎は青柳のかかわる事件の探索にかかりっきりで、剣術の稽古にまったく顔を出さないでいたのだ。

「兄上に、お伝えすることがあるそうです」

佳乃が声をはずませて言った。

「そうか。居間がいいかな」

「すぐに、上がっていただきます」

そう言い残し、佳乃は慌てた様子で戸口へもどった。

待つまでもなく、佳乃が彦次郎を連れて座敷に入ってきた。

「佳乃、茶を淹れてくれ」

「はい」

佳乃は座敷に腰を落ち着ける間もなく、すぐに台所へむかった。自分で淹れるのではなく、女中のお春に頼むはずである。

市之介は彦次郎が対座するのを待って、

「何か報《し》らせたいことがあるそうだな」

と、切り出した。

「はい、糸川さまから、薬研堀で揚がったふたりのことで分かったことを、青井さまにお伝えするよう言いつかってきました」

糸川と彦次郎は、まず重松屋のおよしの身辺を探ったはずである。

「話してくれ」

「いっしょに死んでいた武士の名が知れました。大久保《おおくぼ》兵助《へいすけ》。富永《とみなが》八十郎《やじゅうろう》さまに仕える若党です」

「富永さまというと、浜町《はまちょう》にお屋敷のある旗本か」

市之介は、日本橋浜町に屋敷のある富永という旗本を知っていた。ただ、本人を目にしたこともなければ、人柄も暮らしぶりも知らない。噂を耳にしていただけである。富永家は千八百石の大身の旗本で、いまの当主の八十郎は非役だが、先代は御小納戸《おこなんど》頭取の要職にあったと聞いていた。

「その富永さまです」

「富永家に仕える若党と商家の娘が、どうつながっているのだ」

市之介が訊いた。

「死んだおよしは、富永家で奥奉公していたことがあるようです」

彦次郎が言った。

「なに、富永家で奥奉公をしていただと」

市之介の声が大きくなった。

奥奉公とは、大店の娘などが行儀見習いのために、大名屋敷や大身の旗本の屋敷などで女中奉公をすることである。

「およしは、半年ほど前に宿下がりし、そのまま実家に残ったそうです」

「すると、いまは富永家に奉公しているわけではないのだな」

「はい」

「それで、大久保兵助のことで、何か分かったのか」

「まだ若く独り者だそうです。……それに、一刀流をよく遣ったとか」

「腕が立ったのか」

「そのようです」

「およしと大久保は、恋仲だったのかな」

旗本屋敷に奥奉公していた商家の娘と、その家で奉公している若党が恋仲になっても不思議はない。それに、大久保は独り者だという。

「そのあたりは、まだ……」

彦次郎は、ちいさく首を横に振った。はっきりしたことは分かっていないのだろう。

そのとき障子があいて、佳乃とつるが座敷に入ってきた。佳乃が茶の入った湯飲みを盆に載せて大事そうに持ってきた。

「粗茶でございます」

佳乃が紋切り型の言葉を口にし、市之介と彦次郎の膝先に湯飲みを置いた。つるは佳乃の後ろに座し、目を細めて見ている。

「いただきます」

彦次郎が、緊張した面持ちで湯飲みに手を伸ばした。

佳乃とつるは座したまま、市之介と彦次郎が茶を飲むのを見つめている。いっこうに腰を上げる気配がない。

「母上、佳乃、佐々野と込み入った話がございましてな。ご公儀の秘事も口にするかもしれませぬ。しばらく、ふたりだけにしていただけませぬか」

市之介がもっともらしい顔をして言った。

「これは、気が付きませんでした。……佳乃、おふたりだけにして差し上げましょう」

つるは口元に笑みを浮かべて言うと、ゆっくりとした動作で腰を上げた。

佳乃は市之介たちの話にくわわりたかったらしく、不服そうな顔をしたが、母親の後から出ていった。

「重松屋へ行って、話を訊いたのか」

市之介が、声をあらためて言った。

「いえ、近所の店や馴染みらしい客から聞き込んだのです」

彦次郎によると、およしの葬儀を終えて間がなかったので、店へ入るのは遠慮したそうである。

「どうだ、これから重松屋に行ってみるか」

およしが死んで五日経っていた。葬儀を終え、いくぶん落ち着いたはずである。それに、まだ四ツ（午前十時）ごろだった。室町まで出かける時間は十分ある。

「お供いたします」

彦次郎が声を大きくして言った。

佳乃が玄関先まで、市之介たちを見送りにきた。

「兄上、彦次郎さま、いってらっしゃいまし」

佳乃は、彦次郎までが身内のような物言いをして送り出した。彦次郎は照れたような顔をしている。

曇天《どんてん》だった。風がなく、町筋は重苦しいような雰囲気につつまれていた。ただ、遠出するには、陽射しのなかを歩くより楽である。

「糸川は何をしている?」

歩きながら、市之介が訊いた。

「糸川さまは、富永家を探っているはずです」

「そうか」

市之介も、重松屋の次は富永家を探らねばならないだろうと思った。

3

重松屋は店をひらいていた。市之介と彦次郎が店先の暖簾をくぐり、土間に立つと、上がり框《がまち》近くにいた手代が、

「いらっしゃいまし」

と声を上げ、すぐに市之介たちの前に来て膝を折った。二十代半《なか》ばと思われる色白の男である。

「お武家さま、両替でございますか」

手代が、愛想笑いを浮かべて訊いた。市之介と彦次郎を客と思ったらしい。重松屋には旗本の用人なども来るので、疑念は抱かなかったのだろう。

「あるじの弥右衛門はいるかな」

市之介が、手代に身を寄せて小声で訊いた。

「……！」

手代の顔色が変わった。顔がこわばり、視線が揺れている。市之介を町方同心と思ったのかもしれない。

「われらは、町方ではない。公儀の目付筋の者だ」

市之介が手代の耳元で言うと、

「ご公儀！」

と言って、手代が目を剝《む》いた。体が顫《ふる》えている。

「町方とちがってな、われらは、町人を捕らえたりはせぬ。この店の娘といっしょに死んだ者が武家なので、念のため事情を訊くだけだ」

市之介が穏やかな声で言うと、
手代はいくぶん気を取り直したらしく、

「お、お待ちください」

と言い残し、慌てて帳場格子のなかにいた番頭らしき男のそばに行った。そして、何やら言葉を交わすと、男が立ち上がり、こわばった顔で上がり框のそばに来た。

「番頭の仁蔵《にぞう》でございます。ともかく、お上がりになってくださいまし」

そう言って、仁蔵は市之介と彦次郎を店に上げると、帳場の脇を通って奥の座敷にふたりを案内した。

番頭の徳蔵は殺されていたので、仁蔵は二番番頭であろう。あるいは、格上げされたのかもしれない。

仁蔵が案内したのは、客と商談をする座敷らしかった。こざっぱりした座敷で、座布団《ざぶとん》や莨盆《たばこぼん》などが用意してあった。

市之介たちが座していっときすると、仁蔵が五十がらみと思われる恰幅のいい男を連れてきた。唐桟《とうざん》の羽織に細縞の小袖、渋い路考茶《ろこうちゃ》の帯をしめていた。身装《みなり》からみて、あるじの弥右衛門らしい。

男は市之介の前に端座すると、

「重松屋のあるじ、弥右衛門でございます」

と張りのない声で言い、深々と頭を下げた。

細い眉で目が細く、浅黒い肌をしていた。その顔が、ひどく憔悴しているように見えた。目が隈取り、肉を抉《えぐ》りとったように頰がこけている。

仁蔵は、市之介たちに頭を下げると、座敷には座らずに出ていった。

「隠密に探索しているゆえ、役柄は口外できぬが、それがしの名は、青井市之介」

市之介は名乗った。隠すまでもないと思ったのである。すでに、大川端で三人組に襲われているので、一味には名が知れているはずなのだ。それに、市之介は非役だが、彦次郎は目付筋にまちがいないのである。

「それがしは、佐々野彦次郎でござる」

彦次郎も名乗った。

「それで、どのようなご用でございましょうか」

弥右衛門が恐る恐る訊いた。

「此度《こたび》は、難事であったな」

市之介がいたわるように言った。

「……」

弥右衛門は戸惑うような顔をしただけで、何も言わなかった。

「娘のおよしが亡くなったことだが、町方は相対死とみているのであろう」

市之介が声をあらためて訊いた。

「は、はい……」

弥右衛門の顔に怒りの色が浮いたが、すぐに消えた。

「いっしょに死んだ大久保兵助のことを知っておるか」

市之介は、大久保の名を出して訊いた。

「名前は、娘から訊いた覚えがありますが、それだけでございます」

「この店に来たことは？」

「ございません」

弥右衛門が首を強く横に振った。

「われらは、およしと大久保は相対死ではないとみておる」

「……！」

弥右衛門が驚いたような顔をして、市之介を見つめた。

「弥右衛門、およしは大久保と駆け落ちしたのではあるまい」

市之介が語気を強くして言った。

「そ、それは……」

弥右衛門の顔が、苦悶するようにゆがんだ。

「番頭の徳蔵と手代の房次郎、ふたりにつづいて、およしも同じ下手人の手で殺されたとみている」

市之介が弥右衛門を見すえて言った。

「……！」

弥右衛門は瞠目して息を呑んだ。

「この店も、金を強請られたのではないのか」

市之介は、青柳と同じように重松屋も金を強請られたのではないかとみていたのだ。

弥右衛門は、瞠目したまま口をつぐんでいた。膝の上で握りしめた両拳《こぶし》が小刻《こきざ》みに震えている。

「弥右衛門、番頭と手代を殺された上に、娘も殺されたのだぞ。怖いものは、何もあるまい。……話せ」

市之介が、静かだが強いひびきのある声で言った。

「あ、青井さま、三人の男に娘を攫《さら》われ、金を脅し取られました」

弥右衛門が、声を震わせて言った。

「経緯《いきさつ》を話してみろ」

「は、はい」

弥右衛門は、堰《せき》を切ったように一気にしゃべりだした。

4

「一月《ひとつき》ほど前のことでございます。およしは女中のお松《まつ》と浅草寺にお参りに行くと言って店を出たきり、何者かに攫われてしまったのです」

弥右衛門が、さらに話をつづけた。

その日、およしとお松は、浅草寺からの帰りに神田川にかかる和泉橋を渡って柳原通りに出た。柳原通りを歩きだして間もなく、お松は網代笠をかぶった武士に呼びとめられ、昌平坂学問所へは、どう行けばいいのか、道筋を訊かれた。

お松が教えていると、路傍に立って話の終わるのを待っていたおよしに、別の武士が近寄り、何か訊いたという。

およしは通り沿いの柳の樹陰にまわり、対岸の佐久間町《さくまちょう》の方を指差しながら、武士に何か教えていた。そのとき、柳の樹陰にいた町人体《てい》の男が、およしの後ろから近寄り、いきなり猿轡《さるぐつわ》をかませて樹陰に引き摺《ず》り込んだ。

この様子を目にしたお松は、およしの方に駆け寄ろうとした。すると、前にいた武士が、お松の腹に当て身をくれた。一瞬の素早い動きだったという。お松は気を失い、その後およしがどうなったか分からなかったという。

いっときして意識を取り戻したお松は、重松屋に駆け戻り、ことの次第を弥右衛門に知らせた。

「その翌日でございます。ふたりのお侍が店に来て、娘をあずかっているが、帰してほしければ、三百両出せ、と言ったのです。……お上《かみ》に訴えれば、娘の命はないと脅されましたし、三百両ならばと思い、金と引き換えに娘を帰すことを条件に承知したのでございます」

「それで、どうした」

市之介が話の先をうながした。

「引き渡し場所は、柳原通りにある柳森稲荷《やなぎのもりいなり》の境内ということになりました」

柳森稲荷は、柳原通りの堤を越えた神田川の岸寄りにある稲荷である。

娘を攫った一味との話で、三百両は店の者がふたりで持っていくことになったので、番頭の徳蔵と手代の房次郎が稲荷に行くことになったという。

徳蔵と房次郎が一味と約束した稲荷の境内に行くと、いっときして三人の男がおよしを連れてあらわれた。

ところが、三人のなかの年配の武士が、

「三百両は、手付け金だ。身《み》の代金《しろきん》として、あと五百両出せ」

と言い、金だけ取って、およしは引き渡さなかったという。

徳蔵と房次郎は、何とかおよしを連れて帰ろうと、必死の思いで三人と談判したが、刀の切っ先を突き付けられて引き下がるしかなかったという。

「そのとき、身の代金の五百両は、柳橋の鶴乃屋で渡すという話になったようです。ですが、番頭は、一味に五百両渡しても、娘を帰すかどうか分からない、娘を帰してしまえば、それ以上金は要求できないし、町方に訴えられるかもしれないので、一味は娘を帰さないだろうと言ったのです。……わたしも、番頭の言い分は、もっともだと思いました」

「そうかもしれん」

市之介も、番頭の読みどおりではないかと思った。

「わたしが、どうしたものか迷っていると、番頭は、鶴乃屋でもう一度、一味と談判してみます、五百両はその後でもいいでしょう、と言ったのです。番頭は、料理屋なら一味も刀を抜いて、ふりまわすようなことはしないはずだとも言いました。それで、番頭と手代を鶴乃屋にやったのです。……それが、あんなことになってしまって……」

弥右衛門は震えを帯びた声でそこまで話すと、視線を膝先に落とした。

どうやら、鶴乃屋に談判にいった帰りに徳蔵と房次郎は、大川端で一味に斬り殺されたらしい。

「その後はどうした」

市之介が訊いた。

「番頭と手代が殺された五日後でした。また、娘を攫った一味の武士がふたりあらわれ、余計な手間をとらせた罰だと言って、身の代金を八百両につり上げたのです。しかも、町方に話したり、いらぬ小細工をすれば、娘だけでなく、わたしも番頭や手代と同じように斬り殺すというのです」

弥右衛門が顔を上げて言った。その目に、強い恐怖の色があった。肩先が小刻みに震えている。弥右衛門は、心底一味を恐れているらしい。

……ふたりを殺したのは、脅しのためだ！

と、市之介は気付いた。

およしを攫った一味が談判に来た番頭と手代を斬ったのは、逆らえばこうなるという脅しであろう。相手に強い恐怖を与えることで、思いどおりに金を巻き上げようとしたのだ。その強い恐怖があったために、弥右衛門は町方にも話せなかったのだろう。

市之介が口をつぐんでいると、それまで黙って聞いていた彦次郎が、

「娘を攫った一味の者の名は、分からないのか」

と、訊いた。

「名は分かりません」

「人数は？」

「わたしの店に来たのはお侍が三人ですが、娘を攫ったとき町人もいたそうなので、一味は都合四人ということになりましょうか」

弥右衛門によると、武士は羽織袴姿の御家人ふうの男がふたり、それに牢人ふうの男がひとりだという。

……四人のほかにも、いるかもしれん。

と、市之介の脳裏に鶴乃屋のことがよぎったが、はっきりしたことは何も分からなかった。

「その三人の武士のなかに、富永家にかかわっている者はいなかったか」

市之介が訊いた。

初めからおよしを狙っていたことや、富永家に仕える若党を、相対死に見せかけて殺していることなどからみて、一味のなかに富永家とかかわりのある者がいるのではないかとみたのだ。

「わたしの知るかぎり、富永さまのご家臣の方はいませんでしたが……」

弥右衛門は語尾を濁した。富永家の家臣のことは、それほど知らないのだろう。

……富永家も、事件と何かかかわっているはずだ。

と、市之介は思った。

市之介が虚空に視線をとめて黙考していると、

「青井さま、一味の者たちが、今後、わたしや店の者に手を出すようなことはないでしょうか」

弥右衛門が、不安そうな顔をして訊いた。

「懸念することはあるまい。一味の者たちは、この店から手を引くはずだ」

なぜ、およしを相対死に見せかけて始末したか分からないが、人質であるおよしを始末した以上、重松屋を強請ることはできないはずである。

「そうでしょうか」

弥右衛門は、まだ不満そうだった。

「一味から何か言ってきたら、すぐに、おれに知らせろ。おれたちが、一味を捕らえてやる」

市之介は、そうなれば、またとない機会になる、とみたのだ。

「まことでございますか」

弥右衛門が、身を乗り出すようにして言った。

「町方よりたしかだぞ」

市之介は、自邸のある地を教えた。非役であることが分かったら、伯父とのかかわりを匂わせればいいのである。

「ありがとう存じます」

弥右衛門は、額を畳に擦《こす》り付けるように低頭した。

市之介と彦四郎が店を出るおり、弥右衛門は仁蔵に指示して袱紗《ふくさ》包みを用意させた。その膨らみ具合からみて、切《き》り餅《もち》がふたつ、五十両包んであるようだった。

「これは、此度《こたび》の件が片付いてからいただこう」

市之介はそう言って、やんわりと断った。もらってもよかったが、こっちが重松屋から金を強請ったような格好になるので、やめたのである。

市之介と彦次郎は、すこし遠まわりになるが、日本橋浜町をまわって下谷へ帰ることにした。富永八十郎の屋敷を見ておきたかったのである。

市之介は、一度富永の屋敷の前を通ったことがあった。何年も前のことなので、何の用件で出かけてきたのか忘れたが、同行者が富永家の屋敷であることを教えてくれたのだ。たしか、浜町堀にかかる栄橋《さかえ》を渡った先だったと記憶している。

栄橋を渡って久松町《ひさまつちょう》の町筋を抜けると、記憶にある武家地に出た。通り沿いに、旗本屋敷がつづいている。

「この屋敷だな」

市之介は、記憶にある屋敷の前で足をとめた。

表門の両側に長屋のつづく堅牢な長屋門だった。乳鋲《にゅうびょう》を打ち付けた門扉は、かたく閉ざされていた。門番の姿は見られなかった。長屋の先には、高い築地塀がつづいている。

屋敷内はひっそりしていた。物音も話し声も聞こえてこない。堅牢な門と塀が、屋敷内へ入るのを拒絶しているように思われた。

「青井さま、どうします」

彦次郎が訊いた。

「今日のところは、屋敷を見るだけだな」

市之介は表門の前を通り過ぎた。彦次郎は黙って跟《つ》いてくる。

「富永さまも、事件にかかわっているかもしれない」

歩きながら、市之介がつぶやいた。

5

「茂吉、どうだ、この格好で」

市之介は縁先に立って、茂吉に己の姿を見せた。

古い小袖を着流し、角帯だけで大刀を一本落とし差しにしていた。牢人体に身を変えたのである。

「旦那さま、それなら、どこから見ても旗本には見えませんよ」

茂吉が目を細めて言った。

この日、市之介は日本橋浜町に行くつもりだった。すでに、茂吉が富永家の周辺で聞き込み、富永家に奉公している中間がよく出かける一膳めし屋が、浜町堀沿いにあると耳にし、行ってみることにしたのだ。

茂吉に、その格好じゃァ、すぐに旗本と知れますぜ、中間は怖がって逃げちまいますよ、と言われ、変装することにしたのである。

「そうか。……おまえも、旦那さま、と呼ぶのをやめたらどうだ」

市之介が言った。

「ヘッヘへ……、そうでした。今日は、旦那、と呼ばせてもらいやす」

茂吉が首をすくめて言った。

「行くか」

市之介が居間から出ると、ちょうど廊下を歩いてきた佳乃が、市之介の姿を目にとめた。

「あ、兄上、どうされたのですか、そのお姿は！」

佳乃が、目を剝いて訊いた。

「探索だ。彦次郎もいっしょなのだ」

市之介が声をひそめて言った。今日は彦次郎と別だが、同じ事件を探っているのだから、いっしょといっても嘘ではないだろう。

「何の事件でございますか」

佳乃が、後を追いかけるように跟《つ》いてきた。

「親兄妹《おやきょうだい》にも、話せぬ公儀の秘事なのだ」

大袈裟な言い方だが、このくらい言わなければ佳乃の追及から逃れられない。

「こ、公儀の秘事！」

佳乃が声をつまらせて言った。

「佳乃、母上にも内緒だぞ」

「わ、分かりました」

戸口まで跟いてきた佳乃は、上がり框のそばに膝を折り、兄上、いってらっしゃいませ、と真剣な顔をして言った。

四ツ（午前十時）ごろだった。風のない晴天だった。初夏の陽射しが、下谷の町筋を照らしていた。

彦次郎と茂吉は新シ橋を渡り、神田の町筋を抜けて浜町堀沿いの道へ出た。浜町堀の水面が、初夏の強い陽射しを反射《はね》て、キラキラとかがやいていた。猪牙舟がひかりの波紋を左右に分けながら進んでくる。

浜町堀は大川につづき、日本橋川もすぐである。そのせいもあって、客を乗せた猪牙舟や荷を積んだ茶舟などが、行き交っていた。

浜町堀にかかる千鳥橋《ちどりばし》のたもとを過ぎていっとき歩くと、

「旦那、あの店でさァ」

茂吉が前方を指差した。

見ると、掘割沿いに縄暖簾を出した一膳めし屋があった。あけられた腰高障子《こしだか》の間から、何人かの客の姿が見えた。盛っている店らしい。

「旦那、入《へえ》りやすか」

戸口に立って、茂吉が訊いた。

「腹もすいたし、喉も渇いている。一杯やりながら、話を訊くか」

「へい」

茂吉が相好をくずして声を上げた。

ふたりは店の奥の飯台があいているのを目にし、腰掛け替わりの空《あ》き樽に腰を下ろした。店の親爺《おやじ》が注文を訊きにきたので、市之介が酒と肴《さかな》を頼んだ。肴は板壁に貼ってあった品書きを見て、焼いた鰯《いわし》と冷奴を頼んだ。

「茂吉、どうだ、富永家に奉公している中間はいるか」

市之介が小声で訊いた。

茂吉は店のなかを見まわしながら、

「まだ、中間らしいのは、いませんや」

と、声をひそめて言った。茂吉は自分が中間なので、身装《みなり》や雰囲気でなんとなく分かるらしい。

いっときすると、親爺と小女が酒と肴を運んできた。

「親爺、富永さまに奉公してる中間は、店にこねえかい」

茂吉が、何気ない口振りで訊いた。

市之介は黙っていた。この場は、茂吉にまかせようと思ったのである。

「まだ、みえねえようだが……」

そう言って、親爺が疑わしそうな目を茂吉にむけた。見たこともない茂吉が、いきなり富永家の中間のことなど口にしたからであろう。

「なに、おれも中間だが、富永さまにご奉公してえ気があってな。ちょいと、様子を訊いてみてえと思ったのよ」

茂吉が、もっともらしく言った。

「そうですかい。そろそろ、政造《まさぞう》ってえ中間が顔を出すはずだから、訊いてみたらどうです」

親爺は抑揚のない声で言うと、すぐにその場から離れた。

市之介と茂吉が酒を飲み始めて小半刻（三十分）ほどしたとき、お仕着せの法被《はっぴ》を羽織った男がひとり、戸口に姿を見せた。中間らしい。二十四、五歳と思われる肌の浅黒い丸顔の男だった。

男は戸口につっ立って、あいている飯台を探している。

「やつだ」

茂吉が小声で言って、立ち上がった。

すぐに、戸口に立っている男のそばに近付き、

「政造かい」

と、声をかけた。

「そうだが、おめえは」

政造の顔に警戒の表情が浮いた。見ず知らずの男に突然声をかけられれば、警戒して当然であろう。

「茂吉って者《もん》だ。おめえ、富永さまのお屋敷に奉公してねえかい」

茂吉は馴々《なれなれ》しい態度で、政造に身を寄せた。

「奉公してるが、それがどうしたい」

「ちょいと、訊きてえことがあってな。おれも、おめえと同じお屋敷奉公よ」

茂吉が目を細めて言った。

「……………」

政造の顔がいくぶんなごんだが、まだ訝《いぶか》しそうな色がある。

「一杯やりながら話そうや。おれが、ごっそうするぜ」

「そいつは、すまねえな」

政造は茂吉の後についてきたが、まだ訝しそうな表情は消えなかった。

茂吉が政造を市之介のいる飯台に腰を下ろさせると、

「この旦那は、心配ねえ。あっしの言うことならなんでも聞いてくれるんだ」

そう言って、茂吉はチラッと市之介に目をやり、

「ねえ、旦那」

と、猫撫《な》で声で言った。

「ああ」

市之介は、そう応えただけで、猪口《ちょこ》に手を伸ばして一気に飲み干した。

6

「おい！　姐《ねえ》さん」

茂吉が手を上げて、小女に政造の酒と肴を頼んだ。

「おれに、何を訊きてえんだ」

政造は、まだ不安そうな顔をしていた。目の前に、市之介が腰を下ろしていたからだろう。

「いま奉公しているお屋敷にいづらくなってな。旗本なんだが、人使いが荒くてよ」

そう言って、茂吉が、またチラッと市之介に目をやった。

市之介は憮然《ぶぜん》とした顔で、口をつぐんでいる。

「それで、口入れ屋にいい奉公先はねえか訊くと、富永さまのお屋敷のことが出てな。……どうだい、中間を雇《やと》いそうかい」

茂吉がそう訊いたとき、小女が酒と猪口を運んできた。

さっそく、茂吉は政造に酒をついでやり、政造が猪口の酒を飲み干すのを待ってから、

「お屋敷で、おれを雇ってもらいてえと思ってよ」

と、あらためて訊きなおした。

「むりだな」

政造がぶっきらぼうに言った。

「だめかい」

「だめだ。……うちのお屋敷は、いまそれどころじゃァねえんだ」

政造が顔をしかめて言った後、口をへの字に引き結んだ。

「まァ、飲んでくれ」

茂吉は政造の猪口に酒をついでやり、

「屋敷で何かあったのかい」

と、身を乗り出すようにして訊いた。

「おれも、くわしいことは知らねえが、屋敷に奉公しているお侍が、娘と相対死しちまったのよ。殿さまもご家来衆も、殺されたとみているようだ」

政造が声をひそめて言った。

「おれも、噂は聞いてるぞ。死んだのは、大久保という若党だろう」

市之介が、口をはさんだ。

「そうでさァ」

政造が首を竦めて、市之介に目をむけた。

「実は、おれもな、富永さまで雇ってもらえないかと思って、茂吉といっしょに来たのだ」

市之介が、もっともらしい顔をして言った。物言いは、牢人そのものである。

「そりゃァまた、どうして?」

「富永さまが、腕の立つ男を探していると耳にしたのだ。……おれは、腕に覚えがある」

市之介が、脇に立て掛けてあった刀をつかんで言った。

「そんな話は聞いてねえが……」

政造が首をひねった。

「おれが、聞いたところによると、富永さまは、ちかごろ怖がって屋敷から出ないそうではないか」

市之介は、富永も青柳や重松屋と同じように、およしを攫った一味に脅されて屋敷に籠っているのではないかと推測したのだ。

「旦那、よくご存じで」

政造が驚いたような顔をして言った。

「屋敷に武士が三人訪ねてきて、富永さまに何か話したのではないか」

市之介は青柳家と重ねて推測したのである。

「そ、そのとおりで……」

政造は、目を剝いた。

「三人の武士だが、おまえは知らないのか」

市之介は、無駄だと思ったが訊いてみた。

「知らねえ……」

政造は、首をひねった。

「ひとりも、知らないのか」

市之介が残念そうな顔をした。

「沢次郎《さわじろう》なら知ってやすが」

政造が、小声で言った。

「なんだ、沢次郎という男は」

「三人のお侍といっしょに来たんでさァ。屋敷には入らなかったが、門の脇で三人が出てくるのを待ってやしたぜ」

「なに、まことか！」

急に、市之介の声が大きくなった。

……三人の武士といっしょにいた町人だ！

と、市之介は直感した。

「おまえ、沢次郎という男を知っていると言ったな」

「へい」

「どこで暮らしているか、知っているか」

沢次郎を捕らえれば、仲間の正体が知れるのではないか、と市之介は思った。

「いまの塒《ねぐら》は知らねえが、三年ほど前《めえ》まで富沢町《とみさわちょう》の長屋にいやしたぜ」

政造によると、沢次郎は行徳《ぎょうとく》河岸にある米問屋の船頭をしていたという。

「船頭か」

市之介の脳裏に、鶴乃屋の船遊びのことがよぎった。屋根船のなかで、三人の武士と徳蔵たちの談判がおこなわれたらしいのだが、船の船頭がつきとめられなかったのだ。

……沢次郎が、その船の船頭ではあるまいか。

と、市之介は思った。

「富沢町の長屋だが、なんという長屋だ」

市之介は長屋の者に訊けば、沢次郎の居所が知れるのではないかと思った。

「伝兵衛店《でんべええだな》でさァ。栄橋を渡って、一町ほど先ですぜ」

栄橋も浜町堀にかかっている橋である。ここから遠くない。行けば、すぐに分かるだろう。

「ところで、政造、富永さまは、屋敷に籠る前、柳橋辺りに遊びに出かけなかったか」

市之介は別のことを訊いた。

「へえ、よく出かけてやしたが……」

政造は市之介を上目遣いで見ながら、不安そうな顔をした。市之介の問いが、町方の訊問のようになってきたからであろう。

「富永家の詮索は、このくらいにしておこう。……政造、まァ、飲め」

市之介は銚子を取って、政造の猪口についでやった。

政造は急に無口になり、市之介と茂吉が何を訊いてもまともに答えなくなった。市之介と茂吉が、ただの牢人と中間ではないと気付いたのだろう。

「富永家へ奉公するのは、諦めるか」

そう言うと、市之介は飯台の上に政造の酒代を置いて立ち上がった。これ以上話していると襤褸《ぼろ》が出ると思ったのである。

7

市之介と茂吉は、一膳めし屋を出た足で浜町堀沿いの道をすこし歩き、栄橋を渡って富沢町へ入った。

橋のたもとから一町ほど歩いたところで、通り沿いに長屋につづく路地木戸があるのを目にした。路地木戸の脇に下駄屋があったので、店の親爺に訊くと、伝兵衛店とのことだった。

「茂吉、長屋の住人に訊いてみよう」

「へい」

ふたりは、すぐに路地木戸をくぐった。

突き当たりに、井戸があった。井戸端で長屋の女房らしい女がふたり、手桶を提《さ》げたまま立ち話をしていた。水汲《く》みに来て井戸端で顔を合わせ、おしゃべりを始めたようである。市之介と茂吉が近付くと、ふたりはおしゃべりをやめ、警戒するような目をむけた。余所者《よそもの》が入ってきたからであろう。それも、ひとりは大刀を一本落とし差しにした牢人体である。

「長屋の者かな」

市之介が笑みを浮かべて訊いた。

「そうですけど」

頬のこけた女が、上目遣いに市之介を見ながら言った。

「手間を取らせてすまぬが、訊きたいことがあってな」

市之介がそう言うと、ふたりの女は顔をこわばらせ、その場から逃げ出しそうな素振りを見せた。牢人体の市之介が、怖かったのかもしれない。

これを見た茂吉がすばやく懐から巾着《きんちゃく》を取り出し、波銭《なみせん》をつかみ出すと、

「なに、てえした話じゃァねえんだ。……とっときな」

と言って、ふたりの女の手に波銭を何枚か握らせてやった。

「すまないねえ」

女の顔が、いくぶんなごんだ。

「この長屋に、沢次郎ってえ男がいなかったかい」

茂吉が訊いた。

「いたけど、もう三年も前に出ていったよ」

頬のこけた女が言うと、もうひとりの面長で顎のとがった女が、顔をしかめてう

なずいた。

「沢次郎に、女房子供はいなかったのか」

「いないよ。あの男、嫌なやつでね。長屋のみんなは、あいつが出ていって喜んでいるんだよ」

顎のとがった女が、顔をしかめたまま言った。沢次郎を嫌っていたらしい。

「船頭をしてたそうだな」

脇から、市之介が訊いた。

「行徳河岸で、船頭をしてたんですけどね。遊び好きで、まともに働いちゃァいなかったんですよ」

「そうですよ。朝から酒飲んで、気に入らないことがあると、女子供も平気で殴るんだから、まったくひどいやつさ」

ふたりの女が、つづけて言った。

「ところで、沢次郎だが、いま、どこで暮らしているか知っているか」

市之介が知りたかったのは、沢次郎の住処《すみか》である。

「……知らないねえ」

頬のこけた女が首をひねると、顎のとがった女が、

「六《ろく》さんが、小網町《こあみちょう》で会ったと言ってたよ」

と、脇から言った。

「六さんというのは？」

市之介が訊いた。

「六助《ろくすけ》さんは、ぼてふりだけど、もう帰っているはずだね」

「この長屋の住人か」

「そうだよ。……あたし、呼んできてあげるよ。こんなに、駄賃をもらったんだからさ」

そう言うと、顎のとがった女は手桶を置き、下駄を鳴らして長屋の方へ小走りにむかった。

いっとき井戸端で待つと、顎のとがった女が、丼《どんぶり》（腹掛けの前隠し）に股引姿の若い男を連れてもどってきた。

「だ、旦那、連れてきたよ」

女が声をつまらせて言った。急いで行き来し、息が切れたらしい。

「六助か」

「へい」

六助が、市之介に首を竦めるように頭を下げた。

「おめえ、沢次郎と会ったそうだな」

脇から、茂吉が訊いた。

「一月ほど前《めえ》、小網町で顔を合わせやした」

六助によると、小網町の日本橋川沿いの道を歩いているとき、路地から出てきた沢次郎と顔を合わせたという。そのとき、行き先が同じ方向だったこともあり、歩きながら話したそうである。

「何を話したのだ」

市之介が訊いた。

「つまらねえ話でさァ。飲み屋の女の話とか、小網町に旨《うめ》えそば屋があるとか、そんな話でしたぜ」

「そのとき、沢次郎はどこに住んでいるか、話さなかったか」

市之介が知りたいのは、沢次郎の塒《ねぐら》である。

「話しやしたぜ」

「どこだ?」

「情婦《いろ》と借家住まいだそうで」

「その借家は、どこにある」

「沢次郎が出てきた路地の先だと言ってやした。たしか、路地の角に春米屋《つきごめや》があったな。……行けば分かると思いやすが」

「春米屋か」

市之介も、春米屋を目印に日本橋川沿いの道を歩けば、沢次郎の塒はつきとめられると思った。

「邪魔したな」

市之介と茂吉は、六助とふたりの女に礼を言って長屋を出た。

「旦那、これから、小網町に行ってみやすか」

路地木戸から出るとすぐに、茂吉が訊いた。

「そのつもりだ」

すでに、陽は西の空にまわっていたが、せっかく遠出してきたのだから、小網町へまわってみようと思った。

市之介と茂吉は路地木戸から出ると、富沢町の町筋を日本橋の方へむかって歩いた。しばらく町家のつづく表通りを歩くと、日本橋川につづいている入堀に突き当たった。ふたりは、入堀沿いの道を日本橋川の方へむかった。

小網町は日本橋川沿いにつづいていた。一丁目から三丁目まである細長い町である。市之介たちは日本橋川沿いの道を日本橋方面へむかって歩きながら、通り沿いにある春米屋を探した。

鎧《よろい》ノ渡《わたし》と呼ばれる渡し場を通り過ぎて、一町ほど歩いたとき、

「旦那、あそこに春米屋がありやす」

と、茂吉が前方を指差して言った。

通り沿いに春米屋があった。戸口ちかくで、唐臼《からうす》を踏んでいる男の姿が見えた。店の親爺らしい。その店の脇に路地がある。

「ここだな」

六助が口にした春米屋のようだ。店の脇の路地を入った先に、沢次郎の住む借家があるはずである。

市之介は念のために唐臼を踏んでいた店の親爺に、路地の先に借家があるか訊くと、一町ほど入った右手に板塀をめぐらせた借家があるとのことだった。

「その借家に、沢次郎という男が住んでいないか」

市之介は、親爺に訊いてみた。

「住んでますよ、情婦《いろ》といっしょに」

親爺が、口元に薄笑いを浮かべて言った。沢次郎と情婦の卑猥《ひわい》な光景でも浮かべたのかもしれない。

市之介と茂吉は、すぐに路地に入った。一町ほど歩くと、春米屋の親爺が口にしたとおり、板塀をめぐらせた小体《こてい》な借家ふうの家があった。

「ここだな」

市之介は板塀の脇で足をとめた。

板塀の内側はひっそりして、物音も話し声も聞こえてこなかった。

茂吉が、板塀の節穴からなかを覗き、

「留守のようですぜ」

と、小声で言った。

「そのうち帰ってくるだろう」

市之介は、沢次郎が家にいるのを確かめてから捕らえようと思った。

第四章　訊問

1

市之介が屋敷の玄関から出ると、茂吉が待っていた。茂吉の顔はいつになくけわしかった。いつもなら、茂吉は市之介の顔を見ると冗談のひとつも言うのだが、今日は黙っている。

「舟は用意できたか」

通りに出たところで、市之介が訊いた。

「へい、佐々野さまと福田屋《ふくだや》に行って借りてきました」

茂吉が歩きながら言った。

福田屋というのは、佐久間町の神田川沿いにある船宿である。彦次郎と茂吉が、福田屋のあるじに相応の金を渡し、猪牙舟を一艘調達したらしい。

これから、市之介たちは沢次郎を捕らえに行くのである。舟は捕らえた沢次郎を連れてくるために使うのだ。

いっしょに行くのは、市之介、彦次郎、茂吉の三人だった。茂吉が緊張しているのは、茂吉も市之介たちに同行して長屋に乗り込む手筈《てはず》になっていたからである。

「ちょうどいい頃合だな」

市之介は、西の空に目をやって言った。

七ツ半（午後五時）ごろであろうか。陽は西の家並の向こうに沈みかけていた。下谷の通りに、武家屋敷の長い影が伸びている。市之介と茂吉は、屋敷の間から射し込んだ淡い蜜柑色の夕日と屋敷の影を踏みながら歩いた。

神田川に突き当たってから柳橋方面に一町（一〇八メートル）ほど歩くと、桟橋につづく石段があった。

「旦那、佐々野さまが来てますよ」

茂吉が桟橋を指差して言った。

茂吉は市之介を旦那と呼んだが、市之介は何も言わなかった。いちいち呼び方を変えさせるのも面倒だったのだ。

見ると、桟橋で彦次郎が待っていた。動きやすいように、小袖にたっつけ袴姿だった。

「待たせたか」

桟橋に下りてから、市之介が声をかけた。

「わたしも、いま来たところです。青井さま、この舟です」

彦次郎が、桟橋に舫《もや》ってある一艘の猪牙舟を指差した。福田屋で借りておいた舟のようだ。

「乗ってくだせえ」

茂吉が、艫《とも》に立って声を上げた。茂吉が船頭になり、沢次郎の住む借家近くの日本橋川の桟橋へ舟を着けることになっていたのだ。

市之介と彦次郎が舟に乗り込むと、茂吉は棹《さお》を使って舟を桟橋から離した。茂吉は舟をあやつったことがあるらしく、棹捌《さば》きはなかなかのものである。

市之介たちを乗せた舟は水押《みよし》を下流にむけ、川面をすべるように下っていく。

神田川から大川へ出ると、茂吉は棹から櫓《ろ》に持ち替え、下流にむかった。大川は夕日をあびて川面が淡い茜色に染まり、無数の波の起伏を刻みながら、両国橋の彼方までつづいている。大川はまだ船影が濃かった。客を乗せた猪牙舟、屋形船、荷を積んだ艀《はしけ》などが、行き来している。

茂吉の漕《こ》ぐ舟は、両国橋につづいて新大橋の下をくぐるとすぐに、水押を岸に寄せ、中洲と呼ばれる浅瀬を過ぎて、日本橋川へ入った。

茂吉は水押を上流にむけ、櫓を漕いだ。舟は水飛沫を上げながら日本橋川をさかのぼっていく。

鎧ノ渡を過ぎて間もなく、

「その桟橋に着けやすぜ」

と、茂吉が声を上げた。

右手の小網町の川岸にちいさな桟橋があった。桟橋に人影はない。猪牙舟が三艘だけ舫ってあり、川波に揺れている。

茂吉は巧《たく》みに櫓をあやつって、舫ってある舟の間に水押を割り込ませ、桟橋に舟をとめた。

「下りてくだせえ」

茂吉の声で市之介と彦次郎は、舟から桟橋に飛び下りた。

「借家に、沢次郎はいるかな」

昨日の午後、市之介と茂吉で小網町まで足を運んで、沢次郎が借家にいることは確かめてあった。情婦もいっしょだったので、今日もいるとみていたが、いなければ、明日出直さねばならない。

舟の舫い綱を杭にかけてから桟橋を下りた茂吉が、

「あっしが、見てきやす」

と言って、小走りに石段を上がり、日本橋川沿いの通りに出た。

市之介と彦次郎は、桟橋に立ったまま茂吉の背を見送ったが、

「ここに立っていても仕方がない。おれたちも行こう」

そう言って、市之介が石段に足をむけた。彦次郎も、市之介の後に跟《つ》いてきた。

日本橋川沿いの通りに出たところで、

「だいぶ、暗くなってきたな」

市之介が、上空に目をやって言った。

すでに、陽は西の家並の向こうに沈んでいた。西の空には残照がひろがっていたが、上空は藍《あい》色をおびてきていた。日本橋川の通りは、濃い暮色につつまれている。

市之介たちは、町筋が夕闇に染まり、表店が店仕舞《じま》いし路地の人影が消えたころ、借家に踏み込んで沢次郎を捕縛するつもりだったのだ。

まだ、通りにはちらほら人影があった。居残りで仕事をした出職の職人や仕事を

終えて一杯ひっかけた船頭などである。この通りは、暗くなっても人影が途絶えることはないのかもしれない。

市之介と彦次郎は日本橋川沿いの道を歩き、春米屋《つきごめや》の前まで来た。すでに、春米屋は表戸をしめて店仕舞いしていた。店の脇の路地は夕闇につつまれ、ひっそりとして人影はなかった。

借家のそばまで行くと、茂吉の姿が見えた。板塀に身を寄せて、なかの様子をうかがっている。

市之介と彦次郎は足音を忍ばせて、茂吉に近付いた。

「旦那、いやすぜ」

茂吉が小声で言った。どうやら、沢次郎は家にいるらしい。

「ひとりか」

市之介が訊いた。

「女の声も聞こえやす。情婦《いろ》もいっしょのようで」

「そうか。女は斬るまでもないな」

市之介は、女は斬らずにおこうと思った。女を始末しても、一味の者たちは沢次郎がいなくなれば、捕らえられたとみるだろう。

「青井さま、踏み込みますか」

彦次郎がけわしい顔で言った。

「もうすこし、待て」

市之介は、さらに夕闇が濃くなってからがいいだろうと思った。まだ、神田川沿いの道には、ちらほら人影があるはずである。できるだけ、通行人に目撃されたくなかったのだ。

2

だいぶ暗くなってきた。借家から洩《も》れる灯《ひ》が、はっきりと見えるようになってきた。路地は淡い夜陰と静寂につつまれている。

「踏み込もう」

市之介が言った。

彦次郎と茂吉が、いっしょにうなずいた。

市之介たち三人は板塀の陰から路地に出て、家の前へまわった。丸太を立てただけのちいさな門があり、そこから家の戸口まで二間（三・六メートル）ほどしかなかった。家のまわりを丈《たけ》の低い雑草がおおっている。

「彦次郎、庭にまわってくれ」

市之介が小声で言った。

庭といっても、雑草におおわれた狭い空き地があるだけである。

おそらく、家を建てた当初は、庭らしく松や梅などが植えられていたのだろう。いまは枯れた松が立っているだけで、生《お》い茂った雑草につつまれていた。ここ数年、庭の手入れなどしたことがないようだ。ただ、荒れた庭でも、逃げ道にはなる。座敷の障子をあけて縁側から庭に飛び出し、裏手にまわることができるのだ。

彦次郎は無言でうなずき、足音を忍ばせて庭にむかった。庭をかためて、庭から逃げるのを防ぐのである。

茂吉が玄関の引き戸に手をかけた。

「旦那、あきやす」

市之介が小声で言った。

「あけろ」

市之介の声で、茂吉が引き戸に手をかけた。

そろっ、と引いたが、ゴトゴトと音がした。古い戸で、立て付けが悪くなっているらしい。だが、家のなかで、物音や人声は聞こえなかった。妙に、ひっそりと静まっている。外の気配をうかがっているのかもしれない。

市之介は刀を抜き、抜き身を手にしたまま敷居をまたいだ。土間に入ると、すぐ前が狭い板敷き間になっていた。その先に障子がしめてある。

障子に灯の色はなかったが、障子の奥でかすかに人声がした。男と女らしいが、話の内容までは聞きとれなかった。声の大きさからみて、声の主は目の前の部屋のさらに奥の部屋にいるらしい。

「いくぞ」

市之介は小声で言って、上がり框から板敷きの間に上がった。すぐに、茂吉もつづいた。ミシッ、ミシッ、と床板が軋《きし》んで音をたてた。

すると、障子の向こうの話し声がやんだ。床板の軋む音が聞こえたようである。

「だれでえ！」

障子の向こうで、男の声がひびいた。

……気付かれたようだ！

と、思った市之介は、正面の障子をあけはなった。

座敷には、だれもいなかった。座敷の先に襖《ふすま》が立ててあった。その向こうで、人の立ち上がる気配がし、いきなり襖があいた。

行灯《あんどん》の灯を背後から受けて、男の姿が黒く浮かび上がった。弁慶《べんけい》格子の小袖を着流し、左手で裾を捲《まく》り上げている。

市之介は、男の姿に見覚えがあった。大川端で襲われたときふたりの武士といっしょにいた町人である。沢次郎であろう。

「てめえは、青井！」

男が甲走った声を上げた。

男の後ろに、女の姿が見えた。座敷の隅に、座り込んでいる。恐怖で、目を剝いていた。抜き身をひっ提《さ》げた市之介の姿を目にしたようだ。

「沢次郎、逃れられんぞ」

言いざま、市之介は刀を峰に返し、低い八相に構えて沢次郎に迫った。

咄嗟《とっさ》に、沢次郎は反転した。庭の方へ走り、障子をあけはなった。縁側に飛び出そうとした沢次郎が、凍りついたようにその場につっ立った。彦次郎が刀を手にして庭に立っているのを見たのである。

「ちくしょう！」

ひき攣《つ》ったような声を上げ、沢次郎が懐から匕首《あいくち》を取り出して抜いた。その匕首が、ビクビクと震えた。切っ先が、行灯の灯を反射《はね》てにぶくひかっている。

ヒイイッ、女が喉の裂けるような悲鳴を上げ、座敷の隅を這って逃げた。着物が乱れ、あらわになった女の肌が闇のなかに白く浮き上がった。

「沢次郎、観念しろ!」

市之介は、座敷に踏み込んだ。

廊下に出た沢次郎は、逡巡するように足踏みしたが、反転して体を市之介にむけた。庭へ飛び出すより、戸口から外へ逃れようとしたらしい。

「やろう!」

叫びざま、沢次郎が匕首を胸の前に構えて踏み込んできた。

間合が迫ると、沢次郎は市之介の胸のあたりを狙って匕首を突き出した。瞬間、市之介は脇へ跳びざま、刀身を横に払った。すばやい太刀捌きである。

ドスッ、という皮肉を打つにぶい音がし、沢次郎の上体が前にかしいだ。そのまま、沢次郎は前に泳ぎ、突き出した匕首が障子を突き破った。

沢次郎の腰が沈み、バリバリッ、という音とともに障子が縦《たて》に桟《さん》ごと切り裂かれ、右腕を障子につっ込んだまま尻餅をついた。

沢次郎は、苦しそうな唸り声を上げた。市之介の峰打をくらって、肋骨《ろっこつ》でも折れたのかもしれない。

「茂吉！」

市之介が声を上げた。

「へい！」

茂吉が座敷に飛び込んできた。

「こいつを縛り上げろ」

「合点《がてん》でさァ」

茂吉は懐から用意した細引を取り出すと、沢次郎の両腕を後ろにとって縛り上げた。そこへ、庭から上がってきた彦次郎が姿を見せた。

「女はどうします」

彦次郎が座敷の隅にへたり込んでいる女に目をむけた。

女は恐怖に目をつり上げ、激しく身を顫《ふる》わせていた。襟が大きくひらき、乳房が覗いていたが、襟を合わせようともしない。

「殺すのは、かわいそうだ。縛っておこう」

市之介は、茂吉から細引を受け取ると、身を顫わせている女の手を後ろにとって縛り上げた。ついでに足も縛っておいた。すぐに、飛び出して騒ぎたてられたくなかったのである。

「引き上げよう」

市之介たちは、沢次郎を連れて家から出た。

3

路地は夜陰につつまれていた。辺りに人影はなかった。路地沿いの小体な店や表長屋などは、表戸をしめて夜陰のなかに黒く沈んでいる。

市之介たちは沢次郎に猿轡《さるぐつわ》をかませ、手ぬぐいで頬っかむりさせた。その上で、通りかかった者に不審をいだかせないように、市之介と彦次郎が沢次郎の両側に身を寄せて歩いた。後ろ手にしばった沢次郎の姿を見られないようにしたのである。

日本橋川沿いの通りには人影があり、ときおり市之介たちと擦れ違ったが不審の目をむける者はいなかった。

市之介たちは、沢次郎を桟橋にとめておいた猪牙舟に乗せた。

「旦那、舟を出しやすぜ」

茂吉が声を上げて、棹を取った。

市之介たちが沢次郎を連れていったのは、彦次郎の家の納屋《なや》だった。納屋といっても、土蔵のような造りで、戸口の戸をしめてしまえば、多少声を上げても外から聞こえなかった。

市之介たちが捕らえた下手人の吟味のために、この納屋を使うのは初めてではなかった。これまでも、下手人の拷訊《ごうじん》のために使っていたのだ。いわば、市之介たちだけのひそかな拷問蔵《ごうもんぐら》である。

納屋のなかは、漆黒《しっこく》の闇につつまれていたが、隅に置かれた燭台《しょくだい》に火を点《つ》けると、闇を拭《ぬぐ》いとるように明らんだ。それでも、はっきり見えるのは、燭台の置かれた周辺だけである。

納屋は古い建物で、床板の根太《ねだ》が落ち、床板が所々剝《は》がれていた。密閉された納屋のなかは、黴《かび》臭い空気が充満していた。そのなかで、燭台の火が、ちょろちょろと燃えている。まるで、火の色をした生き物のようである。

「沢次郎、ここは地獄の入り口かもしれんぞ」

市之介が沢次郎を見すえて言った。

市之介の横顔が、燭台の火を受けて闇のなかに浮き上がったように見えていた。その顔が豹変《ひょうへん》していた。ふだんは、人のよさそうな茫洋《ぼうよう》とした顔なのだが、燭台の灯に照らされた肌が爛《ただ》れたように赤みを帯び、双眸が熾火《おきび》のようにひかっている。まさに、地獄の閻魔《えんま》のような凄《すご》みがある。

猿轡をかまされた沢次郎は、恐怖に目を剝いていた。体が小刻みに顫えている。

「ここは、泣こうが喚《わめ》こうが外には聞こえん」

市之介が低い声で言った。

「……………！」

「茂吉、猿轡をはずしてくれ」

すぐに、茂吉が沢次郎の後ろにまわって猿轡をはずした。

「さて、訊くぞ。……おまえたちの一味は、何人だ」

市之介が切り出した。

「し、知らねえ」

沢次郎が声を震わせて言った。

「話す気にはなれんか。手荒なことはしたくないが、仕方がないな」

そう言って、市之介は脇にあった刀を手にした。

「しゃべりたくなるまで、体中、切り刻んでやる」

市之介は切っ先を沢次郎の首筋に当て、ゆっくりと引いた。

ヒイッ！

喉のつまったような悲鳴を上げ、沢次郎が首を伸ばして凍りついたように身を硬《かた》くした。首筋に細い血の線が浮き、ふつふつと血が噴《ふ》き、赤い筋をひいて流れ落ちた。赤い簾《すだれ》のようである。

「まだ、話す気にはなれんか」

「……………！」

沢次郎は目をつり上げて、市之介を見たが口をとじたままである。

「次は、耳か」

市之介は切っ先を沢次郎の耳朶《じだ》に当てて引いた。

ギャッ！

と叫び声を上げ、沢次郎が身をすくませた。

耳朶から血がほとばしり出た。血が頬から顎に流れ、赤い布でおおうように染めていく。

「次は、鼻を削《そ》ぎ落とすぞ」

市之介が、切っ先を沢次郎の鼻にあてた。

沢次郎が総毛立つように顔をひき攣《つ》らせ、

「しゃ、しゃべる……」

と、唇を震わせて言った。

「初めからそう言えば、痛い目をみずに済んだのに」

市之介は刀を引いた。

「では、あらためて訊くぞ。一味の者は何人だ」

「よ、四人だ」

沢次郎が小声で言った。このとき、沢次郎は嘘を言った。市之介たちが、つかんでいると思われる人数を口にしたのである。

「おまえと、三人の武士だな」

市之介も、沢次郎の虚言を見抜けなかった。

「そうでさァ……」

沢次郎は首をすくめ、上目遣いに市之介を見ている。

「三人の武士の名は？」

市之介が訊いた。

沢次郎は、逡巡するように視線を揺らしていたが、

「川上佐兵衛《かわかみさべえ》さま、星野粂蔵《ほしのくめぞう》さま、それに添田益左衛門《そえだますざえもん》さまで」

と、三人の名を上げた。三人とも、偽名ではなかった。沢次郎は名前だけなら、知られてもすぐに正体をつきとめられないと踏んだのだ。それに、市之介たちに信じさせるためにも、実名を口にした方がいいと思ったのである。

「そうか」

市之介は三人の名に覚えはなかった。

彦次郎に目をむけると、やはり記憶にないらしく小首をひねっている。

「それで川上という男の身分は？」

「御家人と聞いておりやす」

沢次郎によると、川上の体軀は大柄で、百石前後の御家人ではないかという。添田は牢人だが、剣術の道場主だそうだ。添田が三人のなかでは一番の歳上で、親の代からの牢人だという。

「添田は道場主か」

市之介は沢次郎の話を信じた。市之介が見たり聞いたりしていた三人の武士と、沢次郎の話は一致していたのだ。

「へい」

添田が道場主であることも、虚言ではなかった。沢次郎は道場をつきとめられても、添田を手繰るのは容易でないとみていた。それというのも、すでに道場はつぶれ、添田はそこにいなかったからである。

「それで、添田の道場はどこにある」

市之介が訊いた。

「岩井町《いわいちょう》でさァ」

「うむ……」

市之介は、神田の岩井町に一刀流の町道場があったような気がした。道場主の名が添田だったか思い出せないが、道場はいまもあるのだろう。

「川上の屋敷は？」

市之介は川上のことを訊いた。

「本所《ほんじょ》にあると聞きやしたが、あっしは行ったことがねえんで、屋敷がどこにあるかは分からねえ」

嘘だった。沢次郎は、もっともらしい顔をしてとぼけた。

「星野の身分と住処は？」

「牢人で深川、今川町《いまがわちょう》の源蔵店《げんぞうだな》でさァ」

星野は三か月ほど前に源蔵店を出ていた。沢次郎は、星野のいまの塒《ねぐら》を知っていたが、口にしなかった。

「それで、おまえは川上たちとどこで知り合ったのだ」

市之介は、町人と三人の武士のかかわりが分からなかった。

「深川の賭場で、星野さまと知り合いやしてね。……星野さまを通じて、川上さまと添田さまとも知り合ったんでさァ」

そう言って、沢次郎が口元に薄笑いを浮かべた。

「ところで、柳橋の鶴乃屋とは、どういうかかわりだ」

市之介が訊いた。

「かかわりといっても、あっしは川上の旦那たちが飲みにいったとき、二、三度、お相伴させてもらっただけでさァ」

沢次郎が、また上目遣いに市之介を見た。闇のなかで、双眸がうすくひかっている。首筋からの出血はとまっていたが、耳からはまだ血が流れ出、顎から滴《したた》り落ちた血が着物を染めていた。

「おまえは船頭だそうだな」

市之介が声をあらためて訊いた。

「へえ、ですが、もうやめちまいやした」

沢次郎が視線を闇にむけて言った。

「そんなことはあるまい。鶴乃屋では船遊びと称して、船に客を乗せて酒を飲ませるそうだぞ。その船の船頭は、おまえではないのか。……おまえが、その船を漕いでいるのを見た者がいるぞ」

見た者が、いたわけではない。そう言って、市之介は鎌をかけたのである。

「……！」

沢次郎の視線が揺れた。顔がこわばり、肩先が小刻みに震えだした。

「つ、鶴乃屋の旦那に、頼まれたんでさァ。あっしは船頭だって話したら、客のあるときだけ船を出してくれと頼まれやした」

沢次郎が、震えを帯びた声で言った。

「その船のなかで、何をしていたのだ」

市之介が沢次郎を見すえて訊いた。

「船で大川に出て、川風にあたりながら酒を飲むんでさァ」

「酒を飲むだけか」

市之介は、ただ酒を飲むだけではないような気がしていた。

「だ、旦那、男と女が船に乗って酒を飲むんですぜ。おまけに、簾《すだれ》を下ろせば船のなかは見えねえようになっていやしてね。……その先は、言うだけやぼでさァ」

沢次郎が口元に嗤《わら》いを浮かべた。

「それだけではあるまい」

市之介にも、男女のいかがわしい場になっていることは想像できた。だが、それだけではないような気がしたのだ。

「旦那、あっしは客が船のなかで何をしているか、見ねえようにしてるんでさァ。そうでねえと、あの手の船の船頭はつとまりませんや」

沢次郎が、すこし声を大きくして言った。

「うむ……」

市之介は、どうも腑《ふ》に落ちなかった。沢次郎とのやり取りで、何かはぐらかされているような気がしたのだ。

……いずれにしろ、川上たちの住処をつきとめれば、みえてこよう。

市之介は胸の内でつぶやいた。

そのとき、沢次郎が顔を市之介にむけ、

「旦那、あっしをここから出してくだせえ。金輪際《こんりんざい》、川上さまたちとは付き合わねえ。性根を変えて、真面目に働きやす」

と、訴えるような口調で言った。

「そうはいかぬ。……まだ、一味の者たちの正体が、みえていないのでな」

沢次郎を見すえた市之介の双眸が、燭台の火を映じて熾火《おきび》のようにひかっている。

4

「しばし、しばし」

市之介は、前を歩くふたりの若侍に声をかけた。

ふたりの若侍は、足をとめて振り返った。ふたりとも、小身の旗本か御家人の子弟といった感じである。

「つかぬことを訊くが、添田道場はこのあたりだったかな」

市之介は茂吉を連れて、岩井町の町筋を歩いていた。添田道場を探していたのである。

「添田道場？」

面長の男が、首をひねった。もうひとりの小柄な男も、知らないらしく黙っていた。

「剣術道場が、岩井町にあると聞いてきたのだがな」

「そういえば、聞いた覚えがあるが……。亀井町《かめいちょう》の近くだったかな、でも、いまはつぶれたはずですよ」

面長の男が言った。

「つぶれた？」

とすると、添田はいま道場主ではないことになるが、道場があれば、そこで暮らしているかもしれない。

「そんな噂を聞いたことがあります」

面長の男はそれだけ言うと、先を急ぎますゆえ、これにて、と言い残して歩きだした。小柄な男も、市之介にちいさく頭を下げると、面長の男につづいてその場を離れた。

「亀井町まで行ってみるか」

市之介たちは町筋を南にむかって歩き、亀井町との町境近くに店を構えていた瀬戸物屋に立ち寄った。

店のあるじに添田道場のことを訊くと、すぐに分かった。

「この通りを三町ほど行った右手に、稲荷があります。その向かいが、道場ですよ」

あるじは、店の前の通りを指差して教えてくれた。

「道場はつぶれたそうだな」

せっかくなので、市之介は添田のことを探ってみようと思った。

「はい、四、五年前に……」

「それで、添田どのは、いまも道場にいるのかな」

市之介は、それが気になっていた。

「どうでしょうか。ちかごろ、あまり見かけませんが」

あるじは、首をひねった。はっきりしないらしい。

「ともかく、行ってみよう」

市之介は、道場へ行ってみればはっきりするだろうと思い、あるじに礼を言って店を出た。

稲荷はすぐに分かった。樫《かし》や欅《けやき》の杜《もり》でかこわれた大きな稲荷だった。

「旦那さま、道場はあれですかね」

茂吉が稲荷の前の家屋を指差して言った。いつの間にか、茂吉は市之介を旦那さまと呼んでいる。以前の呼び方にもどったようだ。ふたりだけのせいらしい。

「あれだな」

稲荷の向かいには、その家屋しかなかった。

道場らしくない建物だった。通りに面した商家のような構えである。ただ、建物の脇が板壁になっていて、連子窓《れんじまど》があるので、道場にまちがいないようだ。つぶれた商家を買い取り、大工の手を入れて道場として使っていたのかもしれない。

表の板戸はとじられ、道場の看板は出ていなかった。

市之介と茂吉は、建物の軒下に近付いてみた。物音も話し声も聞こえてこなかった。人のいる気配がない。

「やはり、留守か」

「旦那さま、なかは荒れてるようですよ」

茂吉が板戸の節穴からなかを覗いて言った。

市之介も覗いて見ると、なかは道場の造りになっていた。正面には一段高い師範座所もあった。ただ、ひどく荒れている。道場の床板は、朽《く》ちて所々剝《は》げていた。床に、折れた竹刀《しない》が転がっている。脇の板戸が倒れ、埃《ほこり》が積もっていた。何年も道場として使っていないらしい。

「裏へまわってみるか」

隣家と道場との間が空き地になっていて裏手へまわることができた。

道場の裏手が母屋《おもや》になっていた。母屋といっても、小体な家である。板壁の隙間から覗いてみると、狭い座敷が二部屋と台所があるだけだった。おそらく、道場主の添田はここに住んでいたのだろう。

「空き家だな」

母屋も、道場と同じように荒れていた。

家具らしい物はなく、障子は破れ、畳表はささくれだって剝げていた。雨漏りがするらしく畳が赤茶けた色になり、根太《ねだ》が朽ちて床板が落ちている。

「旦那さま、もぬけの殻《から》ですよ」

茂吉が顔をしかめて言った。

「何年も前に、ここから出たらしいな」

沢次郎は、ここが空き家であることを知っていて教えたのかもしれない、と市之介は思った。ただ、ここに添田が道場をひらいていたことは事実のようだ。

「旦那さま、屋敷へ帰りますか」

「せっかくだ。近所で聞き込んでみよう」

市之介は、近所の住人なら添田の引っ越し先を知っているのではないかと思ったのだ。道場と空き地を隔てた隣家は、笠屋《かさや》だった。店先に、菅笠《すげがさ》、網代笠、塗り笠などが並べてある。看板には、「合羽処《かっぱどころ》」とも書いてあるので、合羽も扱っているらしい。

店先から覗くと、客の姿はなく、店のあるじらしい男が店の隅で塗り笠を並べて
いた。

「ごめん」

市之介は、一声かけて店に入った。

「いらっしゃい」

すぐに、男が腰を上げ、揉み手をしながら近付いてきた。客と思ったらしく、愛
想笑いを浮かべている。笠屋は町人だけでなく、武士の客も立ち寄るので、市之介
が笠を買いにきたと思ったらしい。

「あるじか」

「へい、笠でございますか。それとも、合羽で?」

あるじが揉み手をしながら訊いた。目が糸のように細くなっている。

「いや、隣の道場のことで、訊きたいことがあるのだ」

市之介がそう言うと、とたんにあるじの笑みが消え、揉み手をしていた手がとま

った。すると、すかさず茂吉が巾着を取り出し、波銭を何枚かつかんで、あるじの手に握らせながら、

「これは、旦那さまのお気持ちだ」

と、言い添えた。

「これは、これは……」

あるじの顔に笑みがもどり、また、揉み手が始まった。

「隣の道場だがな」

「はい」

「道場主は、添田という男か」

「さようでございます。ですが、もう四年も前に道場はつぶれ、添田さまは越されましたよ」

あるじによると、道場をひらいた当初は門弟が集まったが、添田は稽古が手荒なうえにまともな指南をしなかったので、評判が落ちてしまった。それで、門弟がひとり減りふたり減りして道場経営がたちゆかなくなり、門をとじたそうだ。

「やはりそうか。それで、引っ越し先は知らんか」

市之介が知りたいのは、添田の住処である。

「……存じませんが」

あるじは首を横に振った。

「つかぬことを訊くが、川上佐兵衛という御家人ふうの男と、星野粂蔵という牢人を知らないか」

市之介は念のために訊いてみた。

「知ってますよ」

即座に、あるじが答えた。

「なに、知っているか」

思わず、市之介の声が大きくなった。

「道場をひらいていたころ、おふたりはよく道場に顔を見せてましたから」

なかでも、星野は道場の食客のように頻繁に寝泊まりしていたという。

「それで、ふたりの住処を知っているか」

すぐに、市之介が訊いた。

「川上さまなら知ってますよ」

「話してくれ」

市之介があるじに一歩近付いた。

「駿河台《するがだい》です」

「駿河台だと」

市之介の顔が急にけわしくなった。

……沢次郎め、嘘を言ったな。

納屋で訊問したさい、沢次郎は、川上の屋敷は本所にあるらしいことを口にしたのだ。駿河台は神田で、神田川沿いにひろがる町だった。本所とは、まるっきり別方向である。

「たしか、お屋敷は川沿いでしたよ」

あるじによると、半年ほど前、商いのことで駿河台に出かけたとき、神田川沿いの道に面した武家屋敷から出て来る添田と川上の姿を見かけたという。

「そのとき、川上さまが、もうすこしましな屋敷に住みたいものだ、とおっしゃられ、ご門を振り返って見たので、ここが、川上さまのお屋敷か、と思ったのです」

あるじが言い添えた。

「どんな門か、覚えているか」

門構えが分かれば、屋敷を探す手掛かりになる。

「門ですか……。たしか、両開きの木戸門でしたよ。御家人のお屋敷のように見えましたが」

「駿河台のどのあたりだ」

神田川沿いといってもひろい。それに、駿河台は武家屋敷が多いので、門構えだけではつきとめられないだろう。

「稲荷小路の先でしたが……」

神田川沿いに、大きな稲荷があった。太田姫《おおたひめ》稲荷と呼ばれている。その稲荷の前の通りが稲荷小路である。

「そうか」

市之介は、近所で訊けば分かるだろうと思った。

それから、市之介は、念のため星野の住処も訊いたがあるじは知らないようだった。

「手間をとらせたな」

あるじに礼を言い、市之介と茂吉は笠屋を出た。

5

翌日、市之介は茂吉を連れて、駿河台へ足を運んだ。

神田川にかかる昌平橋を渡り、神田川沿いの道を西に歩くと淡路《あわじ》坂にさしかかり、坂を上った先に太田姫稲荷がある。

「このあたりが、稲荷小路だが……」

市之介は通り沿いに目をやったが、木戸門の屋敷はなかった。長屋門を構えた旗本屋敷がつづいている。

「もうすこし先だな」

笠屋のあるじは、稲荷小路の先だと言っていたので、西にむかってさらに歩いた。しばらく歩くと、小体な武家屋敷が目につくようになった。

「この辺りで、訊いてみるか」

市之介と茂吉は路傍に立って、話の聞けそうな者が通りかかるのを待った。

いっときすると、通りの先に中間をひとり連れた御家人ふうの武士の姿が見えた。こちらに歩いてくる。

市之介は武士が近付くのを待ち、

「しばし、お待ちくだされ」

と、声をかけた。

「それがしでござるか」

武士が足をとめた。従っていた中間も足をとめ、武士の背後にひかえている。

「川上佐兵衛どのの屋敷を探しているのだが、ご存じかな」

市之介が訊いた。

「川上どの……」

武士は首をひねったが、すぐに思い当たったらしく、

「この道を二町ほどいった先です。屋敷の前の川岸に太い柳の木がありますから、それを目印にされるといい」

武士はそう言うと、市之介に一礼して歩きだした。

市之介と茂吉は、神田川沿いの道を歩いた。二町ほど歩くと、川岸に柳の大樹が鬱蒼《うっそう》と枝葉を茂らせていた。

「この屋敷だ」

木戸門である。百石前後の御家人の屋敷のようだ。

屋敷は高い板塀でかこわれていた。だいぶ古い屋敷で、木戸門の板屋根は朽ちて剝がれている。板塀もだいぶ傷《いた》んでいた。

市之介と茂吉は表門からすこし離れた板塀に身を寄せ、節穴からなかを覗いてみた。敷地は思ったよりひろかった。屋敷のまわりには、松や欅などが深緑を茂らせていた。森閑《しんかん》としている。

敷地内に人影はなかった。深緑の葉叢《はむら》の間から屋敷の甍《いらか》が見えた。ひっそりとして、人声も物音も聞こえてこない。

「旦那さま、どうします」

茂吉が訊いた。

「そうだな、せっかく来たのだ。すこし、様子をみるか」

市之介と茂吉は板塀から離れ、柳の樹陰に身を隠した。板塀のそばだと、通りすがり者の目にとまるおそれがあったのだ。

それから、一刻（二時間）ほど過ぎた。屋敷から、だれも出てこなかった。七ツ半（午後五時）ごろになろうか。いつの間にか、陽は西の空にまわり、柳の影が神田川の水面の先まで伸びていた。

市之介と茂吉は立っているのに疲れ、柳の陰の叢《くさむら》に腰を下ろしていた。

「旦那さま、だれも出てきませんね」

茂吉がうんざりした顔で言った。

「あっしが屋敷内にもぐり込んで、探ってみやしょうか」

「そうだな」

茂吉が目をひからせて言った。

「よせ、よせ、盗人《ぬすっと》とまちがえられて捕らえられるぞ」

市之介は、屋敷内に侵入するのはむずかしいと思った。門扉はとじられているし、板塀は高いのだ。それに、どこに一味の者の目があるか、見当もつかない。

「も、門があいた！」

ふいに、茂吉が上ずった声を上げた。

見ると、門扉がひらき、人影があらわれた。三人。大柄な武士がひとり、それに町人がふたりである。

……川上だ！

市之介は、武士を見て直感した。体軀に見覚えがあった。大川端で、市之介を襲った一味のひとりである。

ふたりの町人には、見覚えがなかった。ひとりは、五十がらみであろうか。痩身で鼻が高く、顎のとがった男だった。唐桟の羽織に細縞の小袖。渋い路考茶《ろこうちゃ》の角帯をしめている。商家の旦那ふうだった。

もうひとりは、三十代半ばに見えた。着物を裾高に尻っ端折りし、股引をはいている。職人か船頭といった感じがしたが、生業《なりわい》は分からなかった。

戸口で、川上が旦那ふうの男に何やら声をかけた。すると、旦那ふうの男が応えたようだ。言葉は聞き取れなかったが、何か冗談でも口にしたらしい。ふたりは顔をくずし、白い歯を見せた。

「また、店に来てくださいよ」

旦那ふうの男の声が聞こえた。離れてから声をかけたので、市之介の耳にもとどいたのだ。ふたりは足早に門から離れていく。

武士は門前に立ってふたりの背に目をやっていたが、いっときするときびすを返して屋敷内にもどった。

……川上が見送りにきたのか。

とすると、町人はただ者ではない。非役とはいえ、御家人が町人を門前まで見送りにきたのである。ただ、門前で見せたふたりの態度とやり取りから推《お》して、身分の上下はなく気心の知れた仲間のようにみえた。

「旦那さま、尾《つ》けやすか」

茂吉が樹陰から身を乗り出して訊いた。

ふたりの町人は、神田川沿いの道を昌平橋の方へむかって歩いていく。

「尾けよう」

市之介は、ふたりの町人も一味とかかわりがあると睨《にら》んだ。

市之介と茂吉は柳の陰から出て、町人ふたりを尾け始めた。市之介たちは一町ほども間をとった。神田川沿いの通りは人影がすくなく、前を行くふたりに気付かれる恐れがあったのである。

6

ふたりの町人は、賑やかな八《や》ツ小路《こうじ》を抜け、筋違御門の前を通り過ぎて柳原通りへ入った。八ツ小路は昌平橋のたもとの広小路へ八方から入る路地があるので、そう呼ばれている。

陽は西の家並の向こうに沈みかけていたが、まだ、柳原通りの人影は多かった。この通りは床店《とこみせ》の古着屋が軒を並べており、古着を買い求める客の姿が目についた。

市之介と茂吉は柳原通りに入ると、足を速めて前を行くふたりに近付いた。人通りがあったので、近付いても気付かれる恐れがなかったのだ。

「どこまで行く気ですかね」

茂吉が市之介に身を寄せて訊いた。

「店に帰るのではないかな」

市之介は、ふたりの町人がこれから他家を訪ねるとは思えなかった。

ふたりの町人は、足早に柳原通りを歩いていく。和泉橋のたもとを過ぎて、いっときすると、前方に新シ橋が見えてきた。

新シ橋のたもとまで来たとき、ふたりの町人が左手に足をむけた。橋を渡るらしい。

市之介と茂吉は小走りになった。前を行くふたりが左手におれ、姿が見えなくなったのだ。

「旦那さま、あそこに」

茂吉が新シ橋を指差した。

ちょうど、ふたりの町人が橋を渡っていくところだった。

夕映えが橋を照らし、ふたりの姿が橋上に黒く浮かび上がったように見えた。そのとき。ひとりの男が橋の向こうから足早にやってきて、ふたりの町人と擦れ違った。

……あの男、泉次だ！

大川端で、市之介を助けてくれた籠抜けの泉次である。泉次は跳ねるような足取りで、橋を渡ってくる。

泉次は橋を渡ろうとしていた市之介に気付くと、驚いたような顔をして足をとめ、

「青井の旦那、どちらへ」

と、訊いた。

「あのふたりに、用があってな」

市之介が、橋を渡り終えたふたりの町人を指差して言った。ふたりは橋のたもとを右手へおれ、柳橋の方へむかっていた。

「谷左衛門ですかい」

「あの男が、谷左衛門か！」

市之介が声を上げた。鶴乃屋のあるじである。

……やはり、川上たちと鶴乃屋はつながっていたのだ！

市之介は、一味の全貌が見えたような気がした。

谷左衛門が川上の屋敷を訪ねたことからみて、谷左衛門も一味のひとりにちがいない。あるいは、谷左衛門が一味の黒幕かもしれない。

「やつは、土橋《どばし》の谷左衛門と呼ばれた悪党でさァ」

泉次が、顔をしかめて言った。

「土橋の谷左衛門か」

「やつは、土橋の生れなんでさァ」

土橋は、深川七場所と呼ばれる遊里のあった場所のひとつである。深川の富ケ岡《とみおか》八幡宮の東方で、昔土橋があったことから土地の者に土橋と呼ばれている。泉次によると、谷左衛門は土橋で生まれ育ったことから、そう呼ばれるようになったそうだ。

「いまは、柳橋の料理屋のあるじに収まっているようですぜ」

泉次が言い添えた。

「そのようだ」

市之介が橋の上に立って泉次と話していると、

「旦那、ふたりが見えなくなっちまいやすよ」

と、茂吉が、苛立《いらだ》ったような声で言った。また、市之介を旦那と呼んだ。泉次が前にいるので、そうなったらしい。

「尾行はやめだ。ふたりの行き先は分かっている」

谷左衛門は、鶴乃屋に帰るのである。これ以上、谷左衛門を尾ける必要がなくなったのだ。

市之介は夕映えに照らされた橋の欄干《らんかん》に歩を寄せ、

「谷左衛門のことを話してくれ」

と、泉次に言った。

「やつは、深川の悪党連中には名の知れた男ですよ」

谷左衛門は、若いころ手のつけられない悪党で、喧嘩、博奕《ばくち》はもとより、女を騙《だま》して売り飛ばしたり、店屋を脅して金を強請ったり、盗人と人殺しの他は何でもしたという。

「おまえ、くわしいな」

市之介が言った。

「あっしも、深川の生れなんでさァ。土橋近くの入船町《いりふねちょう》でしてね。餓鬼《がき》のころ、谷左衛門の噂をよく耳にしやした」

泉次によると、谷左衛門は三十を過ぎたころから、あまり表には出なくなったという。仲間が人を殺し、町方に捕らえられて死罪になったことで、己の悪事が表に出ないよう陰で動くようになったそうだ。

谷左衛門は子分に賭場をやらせ、商家の旦那や大工の棟梁など金のありそうな男を博奕に誘い、巻き上げた金を元手にして情婦《いろ》に料理屋などをやらせていたという。

「その谷左衛門が、鶴乃屋を買い取って柳橋に身を隠したのか」

谷左衛門は、深川から柳橋に場所を替えただけのことで、鶴乃屋を隠れ蓑《みの》にして悪事を働いていたにちがいない。おとせの言っていたとおり、鶴乃屋の女将は谷左衛門の情婦とみていいようだ。

「谷左衛門の賭場は、深川にあったのか」

沢次郎は、深川の賭場で星野と知り合ったと言っていた。谷左衛門の賭場とみていいのではあるまいか。

「三年ほど前まで、土橋にあると聞いた覚えがありやすが、いまもあるかどうか……」

泉次が首をひねった。はっきりしないのだろう。

「ところで、泉次、川上佐兵衛という御家人を知っているか」

「知りませんが」

「大川端で、おれを襲った者たちなのだが、添田と星野という武士は」

市之介は、念のためにふたりの名を出して訊いてみた。

「聞いた覚えがねえなァ」

泉次は、ちいさく首を横に振った。

「そうであろうな」

泉次は、市之介が大川端で襲われたとき、一味の三人を見ていた。それぞれ、笠をかぶったり、手ぬぐいで頬っかむりしたりして顔を隠していたが、知っていればひとりぐらい気付いていただろう。

だが、市之介は、これで一味五人が知れたような気がした。御家人の川上、道場主の添田、牢人の星野、遊び人の沢次郎、それに鶴乃屋のあるじの谷左衛門である。

五人の男が、どうつながったかも見えてきた。添田の道場で、添田、星野、川上の三人がつながり、さらに谷左衛門の賭場で沢次郎と星野が結びつき、星野をとおして、沢次郎と添田たちがつながったのである。

五人は鶴乃屋で密談し、大身の旗本や富商を強請って大金をせしめる悪計を練《ね》って実行したにちがいない。五人の頭格《かしらかく》はだれなのかはっきりしないが、御家人の川上か谷左衛門ではあるまいか。

……だが、まだ、疑念がある。

と、市之介は思った。

重松屋の場合は、一味は娘のおよしを攫《さら》って人質にとり、多額の身の代金を要求したのだが、なぜ、初めからおよしを狙ったのか、そのことが分かっていなかった。

旗本の青柳与之助の場合は、何をねたに脅されたのかが分かっていない。さらに、富永家の若党の大久保兵助とおよしが、相対死に見せかけられて殺されたことも腑に落ちなかった。川上たちにすれば、大事なおよしを殺してしまっては、重松屋から金を脅し取れなくなるのだ。

市之介は新シ橋の欄干に手をおき、神田川の流れに目を落として黙考していた。

いつしか陽は沈み、夕日を反射《はね》て淡い緋色にかがやいていた川面も、いまは黒ずみ、無数の波の起伏を刻みながら流れていた。

茂吉と泉次も、口をつぐんだまま川面に目をやっている。

第五章　侵入

1

「粗茶でございます」

佳乃は神妙な顔をして、市之介たちの膝先に湯飲みを置いた。母親のつるは、いつものように座敷の隅に座し、目を細めて佳乃が茶を出すのを見ている。

青井家の居間だった。市之介、糸川、彦次郎の三人が座していた。男たち三人は黙って、佳乃に目をむけていた。

この日、糸川と彦次郎が、これまで探ったことをお互いに報《し》らせ合うために青井家に姿を見せたのだ。

佳乃は茶を出し終えると、その場に座って、男たちの話にくわわりたいような素

振りを見せたが、

「兄上、何かご用があったら、声をかけてください」

と言い残して、腰を上げた。

つるも、糸川と彦次郎に頭を下げると、佳乃につづいて座敷から出ていった。ふたりが、すぐに座敷を出たのは、市之介が、今日は、糸川たちと大事な話があるので、三人だけにしてください、と釘を刺しておいたからである。

佳乃とつるの足音が遠ざかると、

「さすが、青井だ。よく、つかんだな」

と、糸川が言った。彦次郎も、感心したような顔をして市之介に目をむけている。佳乃とつるが、茶道具を持って座敷に入ってくる前に、市之介がこれまで探ったことをふたりに話したのだ。

「そっちは、どうだ？」

市之介が、糸川に目をむけて訊いた。

「今川町に、星野はいなかったよ」

糸川は、星野の住処《すみか》を探っていたのだ。沢次郎が、星野の塒《ねぐら》は深川今川町の源蔵店だと口にしたので、今川町へ出かけていたのである。

「すると、沢次郎はでたらめを言ったのか」

「いや、そうではないようだ。長屋の者たちに、訊いたのだがな、星野は源蔵店に住んでいたそうだよ。ところが、半年ほど前に長屋を出たというのだ。もっとも、星野は長屋を留守にすることが多かったので、住人たちは星野のことなど気にしていないようだったがな」

「星野の居所は、知れないのだな」

「そうだ。……星野だがな、何年か前に、深川の賭場で用心棒のようなことをしていたらしいぞ」

糸川が声を低くして言った。

「谷左衛門の賭場だな」

市之介は、これで、谷左衛門、星野、沢次郎のつながりがはっきりしたと思った。賭場をとおして、三人は結びついたのである。

「それに、もうひとつおぬしの耳に入れておきたいことがある」

糸川が声をあらためて言った。

「なんだ?」

「これも、長屋の住人から聞き込んだのだがな、柳原通りで、星野が大柄な御家人ふうの武士と歩いていたのを見たというのだ。それも、三日前に……」

「川上か」

市之介の脳裏に、川上屋敷の門前に姿を見せた川上の大柄な体がよぎった。

「川上とみていいだろうな。おぬしの話だと、谷左衛門が川上の屋敷を訪ねたそうだな。……星野と添田も、川上の屋敷にひそんでいるかもしれんぞ」

糸川が目をひからせて言った。

「……」

その可能性は高い、と市之介も思った。

三人は黙考し、いっとき茶をすすったり、虚空に視線をとめたりしていたが、

「ところで、彦次郎、富永家のことで何か知れたか」

市之介が声をあらためて訊いた。

彦次郎は富永八十郎の身辺を探るといって、ここ数日、富永の屋敷の周辺で聞き込んでいたのだ。

「たいしたことは分かりませんでしたが、富永さまも青柳さまと同様、何者かに脅されていたようです」

彦次郎が言った。

「川上たちではないのか」

「川上たちかどうかは、まだ分かりません。富永家に奉公している中間によると、ちかごろ、富永さまも何かに怯え、屋敷に籠っているそうです」

「若党の大久保が殺され、次は自分の番だと思っているのではないかな」

推測だったが、その可能性が高い、と市之介はみた。

「そうかもしれません」

「富永さまは、鶴乃屋に出かけた様子はないか」

市之介は、富永も鶴乃屋に出かけ、谷左衛門に何らかの脅しのたねを握られたのではないかと思ったのだ。

「鶴乃屋かどうかまだ分かりませんが、中間の話では、富永さまは酒が好きで、柳橋の料理屋に頻繁に出かけていたようです。……ちかごろは、屋敷に籠って酒を飲んでいるそうです」

「うむ……」

「それに、殺された大久保のことも訊いてみたのですが、富永家に仕える者のなかでは、一番の剣の遣い手だったそうですよ」

「剣の遣い手か……」

市之介がつぶやいた。

そのとき、市之介と彦次郎のやり取りを聞いていた糸川が、

「青柳さまも富永さまも、川上たちに何か弱みを握られて脅されたようだな」

と、口をはさんだ。

「富永さまは、大久保に川上たちの談判を頼んだのではないかな。その談判がうまくいかず、川上たちに斬られたのかもしれん」

市之介は、青柳家の佐久と山尾が斬られたことを思い出し、同じ手口ではないかとみたのだ。

「そうかもしれん」

糸川がうなずいた。

「それに、川上たちは、おれたちが重松屋の番頭と手代殺しを調べ始めたことに気付き、相対死《あいたいじに》にみせかけて、大久保といっしょにおよしも始末したのではないかな」

大久保は、胸を刃物で突かれて死んでいた。星野の突きを食らって斃《たお》されたのかもしれない。

「青井、ここまできたら、川上と谷左衛門を捕らえるか」

糸川が言った。

「だが、まだ星野と添田の居所が分かっていないぞ。川上と谷左衛門を捕らえれば、星野たちは姿を消すかもしれん」

星野と添田は、川上の屋敷にひそんでいそうだったが、まだはっきりしなかった。

「ふたりを取り逃がすと、後が面倒だな」

糸川が渋い顔をして言った。

「ふたりは、おれたちを狙ってくるかもしれないな」

星野は、特異な突き技を遣う手練だった。添田も道場主だった男である。ふたりを始末しなければ、青柳も富永も、恐怖から解放されることはないだろう。市之介、糸川、彦次郎の三人も、常にふたりの闇討ちを警戒して暮らさねばならなくなる。

「ともかく、川上屋敷を探ってからだな」

市之介が、虚空を睨むように見すえて言った。

2

糸川たちと会った二日後、市之介は茂吉と泉次をつれて、神田川沿いの通りを歩いていた。すでに、暮れ六ツ（午後六時）を半刻（一時間）ほど過ぎ、通り沿いの表店は店仕舞いしていた。

辺りは濃い暮色につつまれていたが、まだぽつぽつと人影があった。居残りで遅くまで仕事をした職人や仕事帰りに一杯ひっかけた男たちらしい。

市之介は、紺の小袖と同色の野袴姿で、黒鞘の二刀を帯びていた。茂吉は濃紺の半纏に黒股引。泉次は柿色の筒袖に同色のたっつけ袴だった。三人とも、闇に溶ける装束に身をかためていた。これから、三人で川上の屋敷に侵入するのである。

市之介たちは、昌平橋を渡って八ツ小路へ出ると、神田川沿いの道を西にむかった。ときとともに、しだいに夜陰が濃くなってきた。通りに人影はなく、通り沿いの武家屋敷は夜の帳《とばり》につつまれ、ひっそりと寝静まっている。

静寂のなかで、川岸に群生した葦《あし》や茅《かや》などを揺らす風音と、神田川の流れの音だけが絶え間なく聞こえてきた。

市之介たちは駿河台に入り、川上屋敷の前まで来た。屋敷は深い夜陰につつまれている。門扉はとじられ、高い板塀が屋敷をかこっていた。

市之介たちは、板塀の隙間からなかを覗いてみた。

「旦那、灯《ひ》が見えやす」

茂吉が小声で言った。

市之介にも見えた。屋敷内に植えられた松や欅の幹の隙間から、屋敷から洩れる灯の色が見えたのである。

「旦那、踏み込みやすか」

泉次が訊いた。

「そろそろだな」

屋敷内に侵入する狙いはふたつあった。ひとつは、星野と添田が身を隠しているかどうか探るのである。もうひとつは、屋敷内のまわりを見ておくことだった。川上や星野たちを討つことになれば、門内に踏み込み、屋敷の周辺で立ち合うことになるだろう。そのときのために、屋敷のまわりを見ておきたかったのだ。

ただ、屋内まで踏み込みたくなかった。盗賊のような真似《まね》はしたくなかったし、他人の屋内に侵入するのは危険でもあった。

星野と添田が屋敷内にいるかどうか探るには、屋敷の者が寝込む前がよかった。姿を見れば分かるし、住人の会話からも、ふたりの所在が知れるかもしれない。

「顔を隠すぞ」

市之介は、懐から黒頭巾を取り出して顔を隠した。

茂吉と泉次も、すぐに黒布で頰っかむりした。顔を隠さないと、夜陰のなかに顔だけが浮き上がったように見えるのだ。

「明るさは、ちょうどいいな」

市之介は空を見上げた。

星空である。細い三日月が出ている。月の明るさはそれほどなかったが、漆黒の闇ではなかった。建物や樹木の黒い輪郭が識別できる。

「いよいよ、あっしの出番ですかね」

泉次が、薄笑いを浮かべた。ただ、目は笑っていなかった。夜陰のなかで、双眸が底びかりしている。

市之介は、川上屋敷に忍び込もうと決めたとき、泉次の手を借りようと思った。とじられた門扉と高い塀に守られた屋敷内に侵入するには、泉次の身軽さが役に立つと思ったのである。

市之介がわけを話すと、

「旦那のためだったら一肌脱ぎやしょう」

と言って、泉次はすぐに承知した。

危険な役割だったので、手当てとして三両渡してあった。ただというわけには、いかなかったのである。

「茂吉の兄い、ちょいと肩を貸してもらえやすか」

泉次が茂吉に頼んだ。

すでに、市之介は泉次に屋敷内に侵入する手筈を話してあった。泉次が板塀を越えて敷地内に侵入し、表門にまわって門扉をあけるのである。

「いいとも、どうすりゃァいいんだい」

茂吉が機嫌よく訊いた。兄い、と呼ばれて、気分がよかったらしい。

「その塀に両手をついて、すこし腰を落とし、両足を踏ん張ってくだせえ」

「こうかい」

茂吉が言われたとおりに、塀に両手をついて腰を落とした。

「いきやすぜ」

一声かけ、泉次は茂吉の肩に両手をかけた。

泉次が、ひょいと跳び上がり、茂吉の腰のあたりに足がかかったかに見えた瞬間、体が浮き、肩に両足を載せていた。すぐに、泉次は両手で板塀の先端をつかみ、体を伸ばした。次の瞬間、泉次の黒い体が空を飛んで板塀の向こう側に消えた。猿のような身のこなしである。

地面に着地した軽い音がしたが、すぐに物音は消えた。泉次は動きをとめて、辺りの様子をうかがっているらしい。

板塀の向こうで、

「旦那、門をあけやす」

と、泉次の声がした。かすかな声である。

「分かった」

市之介は忍び足で、表門の方へむかった。茂吉も跟《つ》いてくる。

門扉の前で待つと、閂《かんぬき》をはずしているらしいかすかな音がした。泉次が門扉をあけようとしているのだ。

待つまでもなく、門扉がすこしずつあいた。泉次は、音のしないようにゆっくりとあけたのだ。

人が通れるだけ門扉があくと、市之介と茂吉がすり抜けてなかへ入った。

「気付かれなかったか」

市之介が、声をひそませて訊いた。

「どじは踏みませんや」

泉次が、ニヤリと笑った。

「よし、まず、ここで様子をみてからだ」

市之介は表門の脇の松の樹陰に身を寄せた。

泉次と茂吉も、近くの樹陰に隠れた。闇にとける装束なので、三人の姿はまったく見えない。

表門の真向かいが母屋の玄関になっていた。古い屋敷のようだが、式台もある。

母屋の左手から灯が洩れていた。そちらが、庭になっているようだ。庭といっても、わずかな植木があるだけである。長い間、植木屋が入ってないらしく、雑草におおわれていた。

屋敷の右手は暗かった。暗がりに、厩《うまや》と納屋のような建物がかすかに識別できた。厩に馬のいる気配はなかった。市之介の家と同じように、がらくた置き場になっているのだろう。

……立ち合うなら庭だな。

と、市之介はみてとった。

雑草におおわれていたが、闘うだけのひろさはある。それに、足を取られそうな丈の高い草は生えていないようだ。

「母屋に近付いてみよう」

市之介たちは、板塀に沿って屋敷を取りかこむように植えられている松や欅の樹陰をたどりながら母屋に近付き、灯の洩れている庭の方へまわった。

「旦那、あの戸袋のあたりがいいですぜ」

泉吉が、小声で言った。

灯の洩れているのは縁側につづく座敷で、障子がたててあった。その縁側の端に戸袋がついていて、その脇が板壁になっていた。板壁に身を寄せれば、座敷にいる者たちの声が聞こえそうである。

「よし、戸袋のそばへ行こう」

市之介が足音を忍ばせ、戸袋に近付いた。泉次と茂吉がつづく。

3

市之介たち三人は、板塀に身を寄せて聞き耳をたてた。座敷から、くぐもったような男の声が聞こえてきた。酒でも飲んでいるのか、瀬戸物の触れ合うような音や喉の鳴る音などが聞こえた。

……まァ、飲め。

という声につづいて、

……沢次郎の姿が、見えなくなったそうだな。

と、男の低い声が聞こえた。物言いは、武士のものである。

……青井たちに、捕らえられたかな。

別の男の声が聞こえた。すこし、高いひびきのある声である。

市之介は、沢次郎が話題に出たことから、座敷にいるのは、川上や添田たちだ、と直感した。ただ、声だけでは、だれがいるのか分からない。

……そうみた方がいいな。

と、低い声の主が言った。

……だが、沢次郎は、おれたちのことをしゃべってはいまい。きゃつらが、おれたちのことを知れば、何か仕掛けてくるはずだからな。

さらに、別の男の声がした。低い胴間声《どうまごえ》である。

……青井の他にも、おれたちのことを探っている者たちがいるようだが、目付筋の者なのか。

高いひびきのある声の主が訊いた。

……青井は非役の旗本のようだが、目付筋とかかわっているとみていいな。そうでなければ、おれたちのことを探ったりはしまい。

と、低い声の主。

……川上、放っておいていいのか。

高いひびきのある声の主が言った。

……放っておくつもりはない。大久保と同じように始末するつもりだ。

低い声の主が言った。

市之介は、男たちのやり取りから低い声の主が川上らしいと察知した。

……おれが、青井を斬ろう。

低い胴間声の男が言った。

……星野の突き技は絶妙だからな。

川上が言った。

市之介は、座敷に星野がいることが分かった。佐久と大久保を突きで斃したのは、星野のようだ。その星野が、市之介を狙っているらしい。

いっとき、座敷の会話がとぎれた。酒器の触れ合うような音や喉の鳴る音が聞こえてきた。男たちが、酒を酌み交わしているようだ。

……川上、そろそろ潮時《しおどき》ではないか。

高いひびきのある声の主が言った。

「……そうだな。捕らえられた沢次郎が、いずれ、おれたちのことも口にするだろう。それに、町方や火盗《かとう》改《あらため》も動きだすかもしれん」

「……しばらく、どこかに身を隠さねばならんな」

「……添田、道場はどうする？」

星野が訊いた。

この声を聞いて、市之介は座敷に添田がいることも分かった。川上、星野、添田の三人で、酒を飲んでいるようだ。

「……品川《しながわ》か、板橋《いたばし》か。江戸市中からすこし離れた地で、道場をひらけばいいのだ。おぬしは、どうする」

どうやら、添田は新たに道場をひらく気でいるようだ。脅し取った金を道場をひらくために使うのであろう。

「……さて、どうするか。また、谷左衛門の用心棒でもやるか」

「……谷左衛門も、鶴乃屋から出て姿を消すかもしれんぞ。この屋敷に来て、そんなことを話していたからな」

川上が言った。

やはり、鶴乃屋の谷左衛門は一味のひとりとみていいようだ。……なに、あの男は、こうしたことになれている。これまでも、町方の手をくぐりぬけてうまくやってきたからな。

星野がつぶやくような声で言った。

……ならば、おれは情婦《いろ》のところにでも、もぐり込むか。

そう言って、川上が含み笑いを洩した。

それから小半刻（三十分）ほどして、市之介たちはその場を離れた。座敷にいる三人が、柳橋の料理屋や吉原の遊廓などの話を始めたからである。それに、市之介が知りたいことはあらかた聞き取っていた。

市之介たち三人は、門扉の前まできた。玄関まわりに人のいる気配はなく、川上屋敷は夜の静寂《しじま》につつまれている。

「旦那、このまま帰りやすか」

茂吉が訊いた。

「せっかくだ。屋敷のまわりを探ってみるか」

「そうしやしょう」

三人は母屋の右手にむかい、納屋と厩の前を通って屋敷の裏手に出た。思ったとおり、厩に馬はいなかった。

裏手にも板塀がめぐらせてあった。木戸門があり、ちいさな門扉がついていた。ここにも、閂がついているらしい。屋敷の裏手は台所と湯殿になっているらしかったが、灯の色はなく、深い夜陰につつまれていた。

台所に出入りする戸口があった。引き戸がしめてあったが、板の一部が剝げ落ちていた。簡単に破れそうな戸である。屋内に侵入するなら、ここからがいいかもしれない。ただ、市之介は屋敷内に侵入したくなかった。

市之介たちは、裏手を一通り見てから、また玄関先にもどった。

「旦那と茂吉の兄いは、門から出てくだせえ。あっしは、閂をして出やす」

泉次が言った。

「その後、どうするのだ」

外から門扉をしめたとしても、閂をはずしたままになる。明朝になれば、何者かが屋敷に侵入したことが知れるだろう。泉次は、それを隠すために閂をしてから屋敷から出るというのだ。

「何とでもなりまさァ」

泉次によると、欅の枝が板塀の外まで張り出しているので、その枝をつたって外へ出るという。

「頼むぞ」

市之介と茂吉は、すぐに門扉の間から外へ出た。

神田川沿いの柳の樹陰でいっとき待つと、泉次が小走りにもどってきた。

「お待たせしやした」

泉次が、目を細めて言った。

4

燭台の火に、沢次郎の蒼ざめた顔が浮かび上がっていた。肉をえぐり取ったように頰がこけ、目の下が黒ずんでいた。ざんばら髪が顔に垂れ下がり、底びかりのする目が闇のなかに浮き上がったように見えている。

彦次郎の家の納屋のなかである。沢次郎のまわりに、市之介、糸井、彦次郎の三人が立っていた。

「沢次郎、久し振りだな」

市之介が沢次郎を見すえて言った。

「……………」

一瞬、沢次郎は不安そうな顔をしたが、何も言わず、視線を膝先に落としてしまった。沢次郎は、後ろ手に縛られ、さらに納屋の隅の柱にくくられていた。

「おまえのお蔭で、だいぶ様子が知れてきたよ」

「……………」

沢次郎は視線を上げなかった。肩先がかすかに震えている。

「おまえの言ったとおり、添田は道場主だった。それに、星野の住処も今川町の源蔵店だったよ。……だが、ふたりとも塒《ねぐら》を出ていた」

市之介がそう言ったとき、沢次郎の体がビクンと震えた。そして、肩先の震えがさらに激しくなった。

「おまえはふたりが住処にいないことを知っていて、おれたちに教えたな」

市之介の声に強いひびきがくわわった。

「そ、そんなこたァねえ。おれは、そこにいると思っていたんだ」

沢次郎が、声を震わせて言った。

「まァいい。いずれにしろ、おまえのお蔭で三人の居所が知れたのだからな」

「……………！」

沢次郎の顔に恐怖と困惑の表情が浮いた。

「添田と星野は、川上の屋敷に隠れていたよ」

市之介が言った。

沢次郎は市之介に顔をむけ、ゴクリと唾を呑み込んだ。頰や首筋に鳥肌が立っている。強い恐怖に襲われているようだ。

「それに、谷左衛門も、川上たちの仲間であることが知れたよ」

「そ、そうですかい……」

「青柳家の用人や若党、それに重松屋の番頭と手代を斬り殺したのは、川上たちであることも分かった」

「……！」

沢次郎の顔から血の気が引き、体の顫《ふる》えが激しくなってきた。この場で、市之介に斬り殺されると思っているのだろう。

「だが、まだ、腑に落ちないことがある。……まず、鶴乃屋の船遊びだ。おまえが船頭をしていたはずだな」

「……！」

「船のなかで、何をしていたのだ。客は、酒を飲んでいただけではあるまい」

川上や谷左衛門たちの脅しにつながる何かが行われたのではないか、と市之介はみていたのだ。

「し、知らねえ」

沢次郎が声を震わせて言った。

「沢次郎、いまさら隠しても何にもならんぞ。すでに、青柳家の家臣や重松屋の奉公人を斬り殺した下手人は、川上や谷左衛門たちだと分かっているのだ」

「……………」

沢次郎の視線が戸惑うように揺れた。

「それにな、おまえは町人だ。おれたちは、町人を処罰するつもりはない。いずれ、町方に渡すことになろうが、おまえが殺しに手を出してないなら、助かるかもしれんぞ。……それとも、ここでおれに斬り殺されたいか」

そう言って、市之介が刀の柄に右手を添えた。

「しゃ、しゃべる！」

沢次郎が、声を上げた。市之介を訴えるように見つめている。

「そうか。……では、あらためて訊くぞ。船のなかで、何していたのだ」

市之介が柄から手を離して訊いた。

「女を抱かせたんでさァ」

「女か」

市之介は、拍子抜けした。酌女や売女を船に同乗させて抱かせることは、めずらしいことではない。それが、脅しのたねになるとは、思えなかった。

「ただの女じゃァねえんで……」

「酌女や売女ではないのか」

「素人の女なんで。それも、武家の娘やご新造《しんぞう》を攫《さら》って抱かせるんでさァ」

「武家だと」

「へい」

沢次郎によると、鶴乃屋の客のなかで金を脅しとれそうな大身の旗本や富商に狙いをつけ、船遊びに誘って大川に出る。客が酔ったころを見計らって桟橋にもどり、攫った娘や妻女を同乗させて酌をさせるという。娘や妻女には酌をするだけと言っておき、客には抱いてもかまわないと耳打ちしておく。

屋根船は障子がたててあり、外からは見えないようになっている。隔絶された船のなかで、ふたりきりになった客は酔いも手伝って、かならず女を抱くという。船のなかにいる女は逃げるに逃げられず、客に肌を奪われることになるそうだ。

「そこへ、別の舟で、川上さま、添田さま、星野さまの三人のうちのだれかが、客と女が抱き合っている舟に乗り込むんでさァ。そして、刀を振り上げ、おれの女房と不義を犯したからには、この場で斬られても文句はないな、そう言って、脅しつけるんで……」

「美人局《つつもたせ》か！」

それも、ただの美人局ではない。大身の旗本や富商に武家の娘や妻女を抱かせるのだ。客は震え上がったことだろう。

「谷左衛門の親分のうまいところは、一度に大金を出させねえんでさァ。初めは、百両ほど出せと言いやす。動転している相手は、百両ならば、と思って出しやすが、それで終わらねえ。次は二百両、その次は三百両と、絞り取っていくんでさァ」

沢次郎は、谷左衛門を親分と呼んだ。沢次郎は、谷左衛門の子分のようである。

「うむ……」

あくどいやり方だ、と市之介は思った。

「なかでも、身分のあるお武家さまは、てめえの恥になりやすんで、どこにも訴えられねえ。……そのうち、金が底をついてどうにもならなくなると、ご家来のなかから腕の立つやつを寄越して談判させることになりやす」

「その談判役の家臣を斬ったのだな」

青柳家の佐久と山尾は、それで斬られたらしい。

「へい、川上さまたち三人は腕が立ちやす。腕の立つご家来でも、三人には歯が立たねえんでさァ」

「そのようだな」

たしかに、星野、添田、川上の三人は手練である。

「談判に来たご家来を始末すると、それがまた脅しに使えやす。相手は震え上がっちまいやしてね。二度と、歯向かう気にはならねえんでさァ」

「攫った武士の娘や妻女は、どうなるのだ」

武家の娘や妻子が攫われたことは、つかんでいなかった。市之介が知っているのは、重松屋のおよしだけである。

「ご家来のすくねえ御家人の娘やご新造を攫いやすが、一度、抱かせた女は、このことはだれにも話すんじゃァねえ、と強く言ってから家へ帰《けえ》してやりやす」

「帰すのか」

「へい、女も家の者たちも、攫われたことはだれにも言わねえ。娘や女房は無事に帰《けえ》ってきたんだ。娘や女房が、男に抱かれたことをわざわざ訴える者はいませんや。

体に疵《きず》がついちまっちゃァ嫁にも行けねえし、世間体《てい》も悪いからね」

沢次郎の口元に薄笑いが浮いたが、すぐに消えた。

「あくどいやつらだ」

市之介は怒りを覚えた。

「谷左衛門の親分が、昔っから使ってた手でさァ」

「重松屋のおよしを攫ったのは、どういうわけだ」

およしは、武家の娘ではない。商家の娘である。

「およしが、富永さまのお屋敷に奥奉公にいってたからでさァ。富永さまは、鶴乃屋によく来てやしてね。……親分が、富永さまに抱かせる女をおよしに決めたんでさァ。富永さまにすりゃァ、自分の屋敷に奉公に来てた娘に、手をつけるぐれえな気持ちで抱けやす。それに、重松屋の娘なら、店から身の代金も取れやすからね。両方から、金がふんだくれるわけだ」

沢次郎が嘲笑を浮かべながら話すと、

「まったく、ひどいやつらだ！」

彦次郎が、怒りに顔を染めて声を荒立てた。糸川の顔にも、憎悪の色が浮いている。

「富永家の談判役が、大久保兵助か」

市之介が訊いた。

「へい」

「相対死に見せて、およしまで殺したのは、どういうわけだ」

「親分が、潮時とみたんでさァ。およしの場合は下手に長引かせると、町方が乗り出してきやすからね。親分は、手の引き際を心得ておりやすんで……。それで、町方にもつかまらずに、ここまで旨《うま》い汁を吸ってきなすったんでさァ」

沢次郎が昂った声でしゃべった。

「旨い汁を吸うのも、これまでだな」

市之介が、いつになく怒りの色をあらわにして言った。

5

「やるのは、今日の暮れ六ツ（午後六時）過ぎ」

糸川がけわしい顔で言った。

座敷には、糸川、市之介、彦次郎の三人がいた。この日、市之介たち三人は糸川家に集まっていた。糸川家に集まったのは、他の御徒目付がふたりくわわることになり、市之介の屋敷というわけにいかなかったのである。

「それで、川上、添田、星野の三人は、捕らえるのですか」

彦次郎が訊いた。

「捕らえるのは、むずかしい。それに、御目付さまは、斬ってもよいとおおせだ」

糸川が言った。

昨日、市之介と糸川は大草主計の屋敷に出向き、探索の結果を一通り報告した。大草は、一味のなかに御家人の川上がいることを訊くと、

「その者の暮らしぶりは？」

と、驚いたような顔をして訊いた。

「ひどく、荒れております。川上は非役ということもあって暇を持て余し、料理屋や岡場所などに頻繁に出入りしているようです。酒色に耽《ふけ》ったために金に困り、悪事に手を染めたものと思われます」

市之介が沢次郎を訊問した後、糸川と彦次郎が川上ひとりに絞って柳橋界隈で聞き込み、川上の暮らしぶりを探ったのである。川上だけに絞ったのは、川上が幕府から禄《ろく》を得ている御家人だったからである。

「それにしても、武家の娘や妻女を攫って金を強請る手段にするとはな。なんとも、極悪非道な者たちだ」

大草が、憤怒に顔をしかめた。

「三人の武士を捕らえますか」

市之介が訊いた。

「そうよな、添田と星野は斬ってよいが……。川上をどうするかだな」

大草は迷っているふうだった。

御家人となれば捕らえて吟味する必要があるが、吟味のなかで男の慰み者になった娘や妻女たちのことも明らかになる恐れがあった。幕臣の娘や妻女だけに、ことが面倒である。大草はいっとき膝先に視線を落として黙考していたが、意を決したような顔を市之介にむけ、

「市之介、川上たち三人を斬れ！」

と、語気を強くして言った。

「川上を斬ってもかまいませんか」

「かまわぬ。……川上は目付の吟味から逃れるために抵抗した。そのため、やむなく斬ったことにしておく」

大草がけわしい顔をして言った。

そうしたことがあって、市之介たちは川上の屋敷に侵入し、川上、添田、星野の三人を斬ることにしたのである。

「ところで、おれたちの助太刀は何人だ？」

市之介が訊いた。

川上屋敷には、川上、添田、星野の三人がいた。いずれも遣い手である。はっきりしないが、奉公人は下働きの者と下女がいるかどうかであろう。また、家族は病気がちの妻女がいるだけだと、近所の聞き込みで分かっていた。家族がすくないことからくる寂しさも、川上を放蕩な暮らしに走らせた原因かもしれない。

「三人。間宮《まみや》三郎《さぶろう》、酒井《さかい》伊十郎《いじゅうろう》、平岡《ひらおか》千之助《せんのすけ》。いずれも、徒目付だ」

糸川によると、三人とも御徒目付のなかでは遣い手だという。

「都合、六人だな」

市之介、糸井、彦次郎をくわえると、人数は敵側の倍である。戦力としては十分だった。

「青井さま、川上屋敷は高い塀でかこまれています。どうやって、侵入しますか」

彦次郎が訊いた。

「それは、おれにまかせてくれ」

市之介は、また泉次に頼むつもりだった。すでに、茂吉が両国広小路にいる泉次の許に走っている。

「ところで、谷左衛門はどうする」

糸川が市之介に顔をむけて訊いた。

「谷左衛門は、捕らえるつもりだ」

市之介は、谷左衛門が一味の頭格《かしらかく》ではないかとみていた。川上たちが武士なので、仲間内では下手《したて》に出ている節もあったが、鶴乃屋を舞台にした悪事を思い付き、川上たちに実行させたのは、谷左衛門である。その谷左衛門を、いつまでも野放しにしておくことはできなかった。

「捕らえてどうする」

糸川が訊いた。

「沢次郎と同じように、町方に渡すつもりだ」

「青柳家と富永家のことは、表に出したくないのだがな」

それは、大草の意向でもあった。

「分かっている。……青柳家と富永家のことは伏せておいても、重松屋のことがある。娘を攫い、身の代金を奪おうとして番頭と手代を斬り殺したことだけで十分だ。谷左衛門は、まちがいなく死罪になる」

町方も、管轄外の旗本のことは無理に探ろうとしないはずだ。

「ただ、谷左衛門が抵抗すれば、斬ることになるな」

状況によって、谷左衛門の手下が歯向かってくるかもしれない、と市之介はみていた。そのときは、手下も斬ることになるだろう。

「われらも、同行しよう」

糸川が言った。

「おれひとりで十分だ。相手は谷左衛門だけだからな。手下は、いてもわずかであろう」

市之介は、できるだけ谷左衛門ひとりのときを狙って斬るつもりだった。

そのとき、居間の障子があき、おみつが姿を見せた。

「兄上、間宮さまたちがお見えです」

おみつが座敷の隅に膝を折り、緊張した面持ちで言った。

「ここに、通してくれ」

「はい」

おみつは市之介に目をむけたが、何も言わずに居間から出ていった。

待つまでもなく、おみつが三人の武士を案内してきた。居間に腰を下ろしたのは、間宮、酒井、平岡の三人である。

三人とも剽悍そうな顔付きをしていた。いずれも腰が据わり、身辺に遣い手らしい落ち着きがあった。

三人がそれぞれ名乗った後、

「暮れ六ツ過ぎに、川上屋敷に踏み込む。これから、手筈を相談しよう」

糸川が言った。

それから、六人は半刻（一時間）ほどして腰を上げた。

「まいろう」

糸川が声をかけた。

障子に西日があたり、淡い蜜柑色にひかっていた。七ツ半（午後五時）ごろであろう。川上屋敷へ向かう刻限である。

6

市之介たち六人は武家屋敷のつづく下谷の通りを、ひとり、ふたりとすこし間をとって歩いた。人目を引かないように気を使ったのである。

市之介は小袖に野袴姿で、足元を武者草鞋《わらじ》でかためていた。糸川たち五人も、小袖に野袴やたっつけ袴姿だった。闘いに備えたのである。

市之介と糸川は、肩を並べて彦次郎たちの前を歩いていた。

下谷の町筋から神田川沿いの通りへ出たとき、

「糸川、星野はおれに斬らせてくれ」

市之介が言った。

市之介は、すでに大川端で星野と対戦していた。星野の遣う突き技と切っ先を合わせていたこともあり、ひとりの剣客として星野と決着をつけたかったのである。

「まかせよう。……おれは、川上を斬るつもりだ」

糸川が顔をひきしめて言った。

「川上も手練だぞ」

「承知している。おれと間宮とで、立ち向かうつもりだ。……青井、ひとりで星野と立ち合うつもりか」

糸川が市之介に訊いた。

「そのつもりだ」

「ならば、彦次郎、酒井、平岡の三人で、添田を討《う》つことになるな」

糸川が、つぶやくような声で言った。顔に、心配そうな表情がある。市之介が星野に後れをとるかもしれないという懸念があるのだろう。

そんなやり取りをしながら、市之介たちは昌平橋を渡り、賑やかな八ツ小路を抜けて神田川沿いの道へ出た。そこは淡路町で、通り沿いには、大小の武家屋敷がつづいている。

すでに、陽は沈んでいた。西の空に、血を流したような残照がひろがっている。通りはひっそりとして、人影はなかった。風のない静かな雀色時《すずめいろどき》である。神田川の流れの音が、さらさらと笹の葉でも振るように聞こえてきた。

市之介たちが淡路坂にさしかかったとき、岸辺近くの柳の木陰に立っている茂吉の姿が見えた。

茂吉は市之介たちを目にすると、すぐに駆け寄ってきた。

「旦那、川上たちは屋敷にいるはずですぜ」

茂吉が、小声で言った。

市之介は、茂吉と泉次に川上屋敷を見張るよう頼んでおいたのだ。ふたりは、午後から屋敷を見張っていたはずである。

「泉次は、どうした?」

市之介が訊いた。

「やつは、屋敷の門の近くで見張っていやす」

茂吉によると、泉次とふたりで川上屋敷の門前近くに身を隠して見張っていたが、そろそろ市之介たちが来るころだと見当をつけ、ここで待っていたという。

「よし、行こう」

市之介たちは川沿いの道をいっとき歩き、駿河台へ入った。

川上屋敷が前方に見えてきた。表門の近くに人影はなく、門扉はとじられていた。

屋敷は静寂につつまれている。

「旦那、あそこに泉次がいやす」

茂吉が、川沿いの柳の樹陰を指差した。

泉次の姿が見えた。泉次は、柿色の筒袖にたっつけ袴姿だった。これから、屋敷内に侵入するために、闇に溶ける装束で来ていたのである。

市之介と糸川は柳の陰にまわり、

「どうだ、屋敷の様子は？」

と、市之介が泉次に訊いた。

彦次郎たち三人も、樹陰や群生した葦の陰などに身を隠した。

「川上たちは、なかにいるとみてやすが、はっきりしやせん」

泉次によると、屋敷から出た者はいないが、三人ともいるかどうか確認したわけではないという。

「うむ……」

市之介も三人は屋敷にいるとみていたが、確信はなかった。ただ、いなければ、川上だけ先に討つ手もある。

「旦那、あっしが、探ってみやしょうか」

泉次が、屋敷に侵入するのはたやすいことを言い添えた。

「やってくれるか」

市之介は、泉次に頼もうと思った。踏み込む前に、三人がいるのを確認できれば、やりやすい。それに、市之介たちが屋敷内に踏み込むには、すこし早いかもしれない。すでに陽が沈み、樹陰には淡い夕闇が忍び寄っていたが、辺りにはまだ昼間の明るさが残っていたのである。

「へい」

泉次は、市之介の脇にいた茂吉に、兄イ、頼むぜ、と声をかけた。

「まかせておきな」

茂吉は、張り切って泉次につづいた。

泉次と茂吉は板塀のそばへ身を寄せると、茂吉が板塀に両手を添えて立った。以前と同じように、泉次は茂吉の肩に足をかけて板塀を越えるようだ。

泉次の姿が板塀のむこうに消えると、茂吉は市之介のそばにもどってきた。

「猿みてえに、身が軽いや。あいつが、盗人になったら、町方もお手上げですぜ」

茂吉があきれたような顔をして言った。

「おい、茂吉、いらぬことを言うなよ。泉次が、その気になって名うての盗人にでもなってみろ。町方だけでなく、おれも困る。おれが、盗人になるように仕向けたことになるからな」

市之介が苦笑いを浮かべて言った。

市之介と茂吉が泉次のことを話している間に、泉次がもどってきた。

「どうだ、川上たちはいたか」

すぐに、市之介が訊いた。

「へい、三人ともいやす」

泉次によると、庭に面した縁側の奥の座敷から三人の男の声が聞こえたそうだ。この前聞こえた声と同じだという。

「ついでに、門も抜いてきやしたぜ」

泉次が言い添えた。

「よし、踏み込もう」

市之介が脇にいる糸川に言った。

辺りは、夕闇につつまれていた。上空は藍色を濃くし、かすかに星のまたたきも見られた。樹陰には、夕闇が忍び寄っている。屋敷内に踏み込んで、川上たちを討つにはちょうどいい夕間暮れである。

「行くぞ」

糸川が、樹陰や葦の陰に身を隠している彦次郎たちに手を振った。

第六章　死闘

1

風のない静かな夕暮時だった。神田川沿いの通りは、淡い夕闇につつまれている。川上屋敷はひっそりとしていた。塀の内側に植えられた松や欅が、黒々と屋敷をかこっている。市之介たちは川上屋敷の板塀に身を寄せ、足音を忍ばせて表門にむかった。屋敷のなかは静かで人声も物音も聞こえなかったが、板塀の隙間から覗くとかすかに灯《ひ》の色が見えた。庭に面した座敷から洩れる灯である。

市之介たちは、表門の前まで来た。見ると、門扉がわずかにあいている。泉次が忍び込んだおりに閂《かんぬき》をはずしておいたので、自然にあいたらしい。

「あけやすぜ」

泉次がさらに門扉をあけた。人が入れるようにしたのである。

「いくぞ」

市之介が、ひらいた門扉の隙間から門内に入った。

糸川、彦次郎、さらに間宮たち三人がつづいた。茂吉と泉次は入らなかった。見張り役として門前近くに身をひそめていて、何か異変があれば、市之介に知らせることになっていたのだ。

「こっちだ」

市之介は足音を忍ばせて、灯の洩れている庭の方へむかった。川上、添田、星野の三人を庭に呼び出して、闘う手筈になっていたのだ。

庭に面した座敷の障子が明らんでいた。その障子に、ぼんやりと人影が映っている。燭台を点《とも》しているらしい。

市之介、糸川、彦四郎の三人が、すこし間をとって庭に立った。間宮、酒井、平岡の三人は市之介たちの後方の樹陰に身を隠した。川上たちが庭に出てきてから、駆け寄る手筈になっていたのだ。

障子の内側から、くぐもったような男の声が聞こえてきた。泉次が探ってきたとおり、三人いるようだ。

「川上佐兵衛、姿を見せい！」

突如、市之介が声を上げた。

座敷の話し声がやみ、急に辺りが静寂につつまれた。物音も衣擦《きぬず》れの音も聞こえない。川上たち三人は、息をつめて外の気配をうかがっているようだ。

「青井市之介だ！」

さらに、市之介が声を上げた。

すると、座敷で人の立ち上がる気配がし、ガラリと障子があいた。

姿を見せたのは、大柄な武士だった。燭台の灯を背から受けて顔は見えなかったが、川上である。小袖に袴姿で、左手に大刀をつかんでいた。

川上の背後に、ふたりの人影があった。牢人体《てい》の男と御家人ふうの男だった。星野と添田である。

川上は庭に立っている市之介たちを見て驚いたような顔をしたが、すぐに表情を消し、

「青井、そのふたりは？」

と、糸川と彦次郎に目をむけて誰何《すいか》した。

「糸川俊太郎」

「佐々野彦次郎だ！」

ふたりが、つづけて名乗った。

「三人だけか」

川上は周囲に目をやった。埋伏《まいふく》している捕手《とりて》がいると思ったのかもしれない。

「星野粂蔵！　勝負だ」

市之介が声を上げた。

すると、障子が大きくあき、川上の背後から星野が縁側に出てきた。左手に大刀を引っ提《さ》げている。

「青井、おれの突きを受けてみるか」

言いざま、星野が縁先から庭に飛び下りた。

これを見た川上と添田も、縁側から庭に下りてきた。敵も三人とみて、闘う気になったようだ。

市之介は、すばやく後じさって川上との間合をあけた。糸川と彦次郎も後じさった。立ち合いの場を取るとともに、背後に身を隠している間宮たちが、川上たちの脇や背後にまわり込めるようにしたのである。

川上が糸川の前に立ち、添田が彦次郎と相対した。

そのときだった。間宮たち三人が、樹陰から飛び出した。

「ひそんでいたか！」

川上が叫んだ。

ザザザッ、と庭の雑草を踏み分ける音がひびき、間宮たち三人が川上と添田の脇にまわり込んだ。

「卑怯な！　多勢でなければ、おれたちを討てぬか」

添田が怒りに顔を染めて言った。

「うぬらのような非道な者たちに、卑怯も糞《くそ》もあるか」

叫びざま、糸川が刀を抜きはなった。

彦次郎や間宮たちも抜刀し、切っ先を川上と添田にむけた。

「おのれ！　こうなったら、ひとり残らず斬り捨ててくれる」

川上が抜いた。

すると、添田も抜刀し、相対した彦次郎に切っ先をむけた。

九人の男たちの刀身が、夕闇のなかに銀蛇《ぎんだ》のようにひかっている。

市之介は星野の三間半（六・三メートル）ほどの間合をとって対峙した。青眼に構え、切っ先を星野の目線につけている。腰の据わった構えだった。星野は市之介の切っ先が眼前に迫ってくるような威圧を覚えるはずである。

星野の構えも青眼だったが、刀身をすこし下げ、切っ先を市之介の胸のあたりにつけていた。やや腰を下げ、体の重心を両足にかけている。

市之介は、星野の切っ先がそのまま胸に迫ってくるような気配を感じた。剣尖《けんせん》の威圧でそう感じるのである。

……やはり、突きか！

市之介は、星野の狙いが突きであるのを感知した。

一方、糸川は川上と対峙していた。糸川は青眼に構え、切っ先を川上の喉元につけていた。隙のない、どっしりとした構えである。

川上は八相に構えていた。両肘を低くし、刀身を肩に担ぐようにしている。八相にしては、低い構えである。右手に間宮がまわりこみ、切っ先を川上にむけていたせいである。川上は低い八相に構えることで、間宮の動きにも対応しようとしていたのだ。

添田は青眼に構えていた。切っ先を相対した彦次郎にむけていたが、間合を大きくとり、左右にいる酒井と平岡にも目を配っていた。さすが、道場主だっただけはある。隙のない構えで、身辺に剣の遣い手らしい威風がただよっている。

男たちは、気合も怒声も上げなかった。張りつめた緊張のなかで、九人の刀身が生きているかのようにひかっている。

2

「いくぞ！」

星野が爪先《つまさき》で叢《くさむら》を分けながら間合をせばめ始めた。ザッ、ザッ、と雑草を踏み分ける音が聞こえた。市之介を見すえた星野の双眸が、夕闇のなかで夜禽のように底びかりしている。

対する市之介は動かなかった。気を鎮《しず》めて、星野との間合を読んでいる。ふたりの間合が狭まるにつれ、星野の全身に気勢が満ち、斬撃の気配がみなぎってきた。

……突きならば、たたき落とせばよい。

と、市之介はみていた。胸か喉元に伸びてくる星野の刀身を払い落とすのである。

市之介は星野が突きをはなつ一瞬をとらえようとした。

ジリジリと、星野との間合がせばまってくる。それにつれ、痺《しび》れるような剣気がふたりをつつみ、市之介は時のとまったような感覚にとらわれた。

市之介は全神経を星野にむけていた。

ふいに、星野の寄り身がとまった。斬撃の間境の一歩手前である。

……この遠間《とおま》から、突きをはなつのか！

この間合から踏み込んでも、星野の切っ先は胸までとどかない、と市之介が思ったとき、脳裏に手の甲を突かれていた佐久の死体がよぎった。

……星野が狙っているのは、籠手への突きだ！

市之介が察知した。

刹那、星野の全身に斬撃の気がはしり、全身が膨れ上がったように見えた。

……くる！

と察知した市之介は、わずかに切っ先を上げた。

つ、星野の切っ先が前に伸びた。

刹那、市之介は星野の鍔元《つばもと》を狙って突き込むように籠手をみまった。星野の刀身を払うのではなく、籠手を狙ったのである。

同時に、星野の切っ先も籠手に伸びてきた。迅雷《じんらい》のような突きである。

籠手と籠手。

ふたりの切っ先が触れ合い、青火が散って空へ伸びた。

次の瞬間、ふたりは大きく背後に跳んで間合をとると、ふたたび青眼に構えあった。

市之介の右手の甲に細い血の筋があった。だが、かすり傷だった。星野の切っ先が、かすめたのである。

一方、星野の右前腕にも血の色があった。こちらも、うすく皮肉を裂かれただけで、闘いに支障はない。

「籠手にきたか！」

星野の顔に驚愕の表情があった。市之介が、籠手にくるとは思っていなかったのだろう。だが、すぐに表情のない顔にもどり、夜禽のような目で市之介を見すえた。

……初手は互角か。

市之介が、胸の内でつぶやいた。

「次は仕留めてくれる」

星野は、ふたたび爪先で叢を分けながら間合をせばめてきた。星野の切っ先は、市之介の胸にピタリとつけられている。

星野の全身に気勢が高まり、突きをはなつ気配が満ちてきた。しだいに、ふたりの間の緊張が高まってくる。

……次は、籠手であるまい。

と、市之介は読んだ。星野が同じ攻撃を仕掛けてくるとは思えなかったのである。

ジリッ、ジリッと、星野が迫ってくる。市之介にむけられた切っ先が銀色にひかり、獲物に迫る蛇頭のように見えた。

市之介は気魄で攻めながら、星野の突きの起こりをとらえたようとしていた。

星野の右足が一足一刀の間境に迫ってきた。まだ、星野は寄り身をとめない。さきほどの仕掛けより、間合をつめてくる。

……狙いは胸か！

と、市之介は察知した。

刹那、星野の全身に斬撃の気がはしった。

次の瞬間、星野の体が躍動し、切っ先がきらめいた。

青眼の構えから胸へ。稲妻のような突きである。

間髪を入れず、市之介の体が躍《おど》った。わずかに腰を沈め、青眼から刀身を逆袈裟に撥《は》ね上げた。刀身を振り上げて、星野の突きを払い落とす間はないと感知し、体が勝手に反応したのである。

キーン、という甲高い金属音がひびき、星野の刀身が撥ね上がった。次の瞬間、パサッ、と市之介の着物の胸が裂けた。星野の切っ先が撥ね上がりながら、切り裂いたのである。星野の鋭い突きに、市之介の逆袈裟の太刀が一瞬遅れたのだ。

あらわになった市之介の胸に、血の線が浮いた。

だが、浅手だった。星野の切っ先に皮肉を浅く裂かれただけである。

イヤアッ！

タアッ！

次の瞬間、ふたりは裂帛《れっぱく》の気合とともに二の太刀をふるった。

市之介は、逆袈裟に斬り上げた刀身を返しざま袈裟へ。一瞬の流れるような体捌《たいさば》きである。

星野は刀身を手前に引き、喉元を狙って突きへ。

袈裟と突き。二筋の閃光がはしった。

星野の突きは市之介の胸の前で流れて空《くう》を突き、市之介の斬撃は星野の肩を深く斬り下ろした。

星野の突きが、一瞬後れたのだ。刀身を引いてからの突きのため、二拍子になったのである。

ザックリ、と星野の肩から胸にかけて裂け、ひらいた傷口から截断《せつだん》された鎖骨《さこつ》が覗いた。次の瞬間、血飛沫《しぶき》が飛び散った。

星野は獣の唸るような絶叫を上げてよろめいた。肩口から噴出した血が、顔や胸を真っ赤に染めている。

星野が足をとめて振り返った。カッと両眼を瞠《みひら》き、口をあけて歯を剝《む》き出している。その顔が、赤い布でおおったように血に染まっていた。夜叉《やしゃ》のような形相《ぎょうそう》である。

星野はふたたび青眼に構えた。だが、体が揺れ、切っ先がワナワナと震えている。

「お、おのれ!」

星野が喉のつまったような声を上げた。

星野は市之介との間合をつめようとして、足を踏み出したが、つんのめるように前に倒れた。爪先を雑草の株にひっかけたらしい。

星野は唸り声を上げ、両手を地面について頭をもたげた。立ち上がろうとしたらしいが、すこし前に這っただけで、身を起こすことはできなかった。

ガクッ、と首が落ち、星野は俯《うつぶ》せに倒れた。なおも、呻《うめ》き声を洩らしていたが、星野の体は動かなかった。肩口から噴出した血が叢に流れ落ち、カサカサと虫でも這っているような音をたてている。

市之介は、糸川と彦次郎に目を転じた。まだ、闘いは終わっていなかった。甲高い気合がひびき、濃い夕闇のなかで白刃《はくじん》が躍《おど》っている。

3

糸川は青眼に構え、切っ先を川上にむけていた。対する川上は八相である。

川上の頰から首筋にかけて、赤い布でおおったように血に染まっていた。刀身が、震えている。糸川の斬撃で、頰を裂かれたのだ。

間宮は川上の右手に立ち、青眼に構えていた。すこし間合をとっている。この場は糸川にまかせるつもりらしい。

……糸川が後れをとるようなことはない。

と、市之介はみてとった。

一方、彦次郎は、切っ先を添田にむけていた。顔が恐怖でこわばっている。右袖が裂けて垂れ下がっていた。血の色はなかったが、添田に斬られたらしい。

酒井と平岡も、切っ先を添田にむけていたが、踏み込めないでいた。添田の威圧に押されているのだ。

添田は道場主だっただけのことはある。彦次郎たち三人を相手にしても、引けを取らないようだ。

……彦次郎が危うい！

とみてとった市之介は、彦次郎の脇に走った。

彦次郎に切っ先をむけていた添田が、市之介を見て慌てて後じさった。顔に驚きと怒りの表情が浮いている。

「青井、星野を斃《たお》したのか」

言いざま、添田が市之介に切っ先をむけた。

「星野の突きをやぶった。次は、おぬしを斬る」

市之介は添田と相対し、青眼に構えた。

彦次郎たちは後じさって、すこし間を取った。市之介が刀をふるえるように身を引いたのである。

「ならば、星野の敵を討たねばならんな」

添田が市之介を睨むように見すえて言った。

市之介と添田の間合は、およそ三間半。一足一刀の間境の外である。

添田は青眼に構え、切っ先を市之介の目線につけた。どっしりと腰の据わった隙のない構えである。

……手練だ！

と、市之介は感知した。

添田の剣尖には、そのまま突いてくるような威圧があり、添田の体が遠ざかったように感じられた。剣尖の威圧で、間合を遠く見せているのだ。

市之介も青眼に構え、切っ先を添田の喉元につけた。全身に気勢を込め、斬撃の気配を見せた。気魄で攻めたのである。

「いくぞ！」

添田が、足裏を擦《す》るようにして間合をせばめ始めた。

市之介も爪先で叢を分けながら前に出た。青眼と青眼。ふたりの切っ先が、夕闇を切り裂きながら迫っていく。

ふいに、添田の寄り身がとまった。斬撃の間境の一歩手前である。添田は全身に激しい気勢を込め、気魄で攻めた。気攻めで市之介の気を乱してから、間境に踏み込もうとしているのだ。

市之介も気魄で攻めた。

ふたりは身動《みじろ》ぎもしなかった。気合も牽制もなく、気魄で攻め合っている。

いっとき、気の攻防がつづいた。

ガサッ、と添田の左手で音がした。間合をとっていた彦次郎が、一歩踏み込んだのである。

瞬間、添田の目線が彦次郎に流れ、気がそれた。

この一瞬の隙を、市之介がとらえた。

イヤアッ！

裂帛の気合を発しざま、真っ向へ。渾身《こんしん》の一刀だった。

オオッ！

と気合を発し、添田が刀身を撥ね上げた。咄嗟《とっさ》に、市之介の斬撃を払おうとしたのである。

甲高い金属音がひびき、青火が散って、ふたりの刀身がはじき合った。次の瞬間、添田がよろめいた。市之介の強い斬撃に押されたのである。

間髪をいれず、市之介が二の太刀をふるった。

袈裟へ。一瞬の太刀捌きである。

添田は市之介の斬撃を受けようとして、刀身を振り上げたが間に合わなかった。にぶい骨音がし、月代《さかやき》から鼻筋にかけて血の線がはしった。次の瞬間、添田の顔がゆがみ、額から血と脳漿《のうしょう》が飛び散った。市之介の一撃が、添田の頭蓋《ずがい》を砕いたのである。

添田が棒立ちになった。柘榴《ざくろ》のように割れた額から流れ出た血が顔面を覆い、瞠《みひら》いた両眼が血のなかに白く浮き上がったように見えた。

添田の体が揺れ、腰からくずれるように転倒した。悲鳴も呻き声も聞こえなかった。叢のなかに倒れた添田は四肢《しし》を痙攣《けいれん》させていたが、すぐに動かなくなった。絶命したようである。

市之介は倒れた添田の脇に立ち、ひとつ大きく息を吐いた。体を熱くしていた気の昂りと血の滾《たぎ》りが、潮の引くように体から消えていく。

彦次郎が市之介に歩を寄せ、

「青井さま！　おみごとです」

と、驚嘆の声を上げた。

市之介は血刀を引っ提げたまま糸川に目をやった。

すでに、糸川と川上の闘いは終わっていた。川上は糸川の足元に倒れていた。糸川の斬撃をあびたのだろう。

　市之介は糸川に歩を寄せた。彦次郎たち三人も走り寄り、糸川を取りかこんだ。糸川の両眼が、濃い夕闇のなかで異様にひかっている。真剣勝負の気の昂りが、まだ収まっていないのだ。

「糸川、怪我はないか」

　市之介が訊いた。

「ないが。おまえは？」

「かすり傷だ」

「川上、星野、添田の三人を斃したぞ」

　糸川が言った。

「上首尾だ」

　味方で、深手を負った者はいなかった。

　そのとき、間宮が屋敷に目をやりながら、

「だれか、いますよ」

　と、小声で言った。

　見ると、屋敷の脇の暗がりで人影が動いている。はっきりしないが、刀を差していないので、武士ではないようだ。

「屋敷の奉公人であろう」

市之介は、女中か下働きの男が物陰に身をひそめて様子をうかがっているのだろうと思った。

「長居は無用」

糸川が言った。

市之介たちはすぐにその場を離れ、表門へむかった。

市之介たちの去った庭には、川上たち三人の死体が横たわっていた。濃い夕闇につつまれ、かすかに黒い人影が識別できるだけである。夕闇のなかにただよっている血の濃臭だけが、凄まじい闘いを物語っていた。

4

市之介、茂吉、泉次の三人は、鶴乃屋の斜向かいにある小料理屋の脇にいた。枝葉を茂らせた椿の陰に身をひそめて、鶴乃屋の店先に目をやっていたのである。

「旦那、谷左衛門は出てきやせんね」

茂吉がうんざりした顔で言った。

川上屋敷に侵入し、川上や星野たちを斬殺した翌日だった。市之介は、谷左衛門が川上たちが斬られたことを知って姿を消す前に、捕らえようと思ったのである。もっとも、谷左衛門が抵抗すれば、斬ってもよかった。

市之介たちが、この場に身をひそめて一刻（二時間）ほど過ぎていた。陽は西の空にまわっていた。七ツ（午後四時）ごろであろうか。

「旦那、いっそのこと、店に踏み込んで谷左衛門を押さえたらどうです」

茂吉が言った。

「もうすこし待とう。谷左衛門は、店から出てくるはずだ」

市之介が店に踏み込んで刀をふるえば、大騒ぎになるだろう。下手《へた》をすれば、店の客や奉公人を斬ることになるかもしれない。市之介は、かかわりのない者を犠牲にしたくなかったのだ。

「谷左衛門は、店から出てきやすかね」

泉次が言った。

「どうかな」

市之介は何とも言えなかった。

「旦那、あっしが、谷左衛門をおびき出しやしょうか」

泉次が目をひからせて言った。

「どうするのだ」

「あっしが一芝居打って、谷左衛門が店から出るように仕向けやすよ」

「そんなことができるのか」

市之介が驚いたような顔をして訊いた。

「まァ、見ててくだせえ」

そう言い残し、泉次は跳ねるような足取りで鶴乃屋の玄関先へむかった。

泉次は鶴乃屋の格子戸をあけて、土間に飛び込んだ。正面が狭い板敷きの間になっていて、その先に二階の座敷に上がる階段があった。左手が帳場になっているらしい。

この日、泉次は草履《ぞうり》をつっかけ、小袖を尻っ端折りし、股引姿できていた。大道芸人には見えないだろう。

「だ、だれか、いねえかい」

泉次は土間で足踏みをしながら声を上げた。

　すると、帳場に出入りする障子があき、女将《おかみ》らしい年増が姿を見せた。女将のお峰だったが、泉次は名も顔も知らなかった。

「いらっしゃい」

　お峰が、上がり框の近くに膝を折りながら言った。泉次を客と思ったらしい。

「お、女将さんですかい」

　泉次が、声をつまらせて言った。まだ、足踏みしている。

「そうだけど」

　お峰が、顔の笑みを消して訊いた。泉次の様子から、客ではないとみたようだ。

「あっしは、駿河台の川上さまのお屋敷に出入りしてる者でさァ。旦那に、伝えてもらいてえことがありやす」

　泉次が川上屋敷に出入りしている者と言ったのは、立場を曖昧《あいまい》にするためである。

「……………！」

　お峰は、息を呑んで泉次を見つめた。

「川上さまが、すぐに屋敷に来て欲しいそうで」

「川上さまのお屋敷で、何かあったのかい」

　お峰が訊いた。

「あっしは、何があったか知らねえ。一っ走りして鶴乃屋の旦那に知らせろ、と言われてきただけでさァ」

「……！」

「女将さん、たしかに伝えやしたぜ。あっしが言われたのは、それだけだ」

泉次はそう言い残すと、きびすを返し、戸口から飛び出した。


市之介たちの許にもどった泉次は、お峰とのやり取りをかいつまんで話し、

「やつは、川上屋敷へ行くはずですぜ」

と、言い添えた。

「さすが、泉次だ。おまえ、目付のいい手先になれるぞ」

市之介が褒《ほ》めてやった。岡っ引きと言わなかったのは、その気になって町方同心の手先にでもなったら、今後、泉次を使えなくなると思ったからである。泉次は役に立つ男だった。市之介は、これからも泉次を使うことがあるとみたのだ。

「旦那、谷左衛門が川上屋敷に行くと分かったら、こんなところで店を見張っていることはありませんや」

茂吉がもっともらしい顔をして言った。

「それもそうだな」

鶴乃屋の前の通りは、賑わっていた。酔客や箱屋を連れた芸者などが行き交っている。谷左衛門が店から出てきたとしても、跡を尾けて人影のない通りへ出てから仕掛けねばならないのである。

「あっしが、ここで見張りやすから、旦那と茂吉の兄イは、別のところで待っててくだせえ」

泉吉が言った。

「新シ橋のたもとで、待つか」

市之介が、川上屋敷から鶴乃屋へ帰る谷左衛門を尾けたとき、新シ橋を渡ったのである。川上屋敷へ向かうおりにも、谷左衛門は新シ橋を渡るはずだ。

「谷左衛門が動いたら、知らせやす」

「頼んだぞ」

そう言い置いて、市之介は椿の陰から通りに出た。

5

夕日が西の家並の向こうに沈みかけていた。夕映えが新シ橋を照らし、橋梁を蜜柑色の淡いひかりがつつんでいる。そのひかりが、橋を行き交う人々の姿を黒くくっきりと浮かび上がらせていた。

静かな入相時《いりあいどき》である。神田川の川面を渡ってきた微風《そよかぜ》が、川岸に植えられた柳の垂れ枝を揺らしている。

市之介と茂吉は、新シ橋を渡った先の内神田側の橋のたもと近くにいた。柳の樹陰に身を隠していたのだ。

橋を渡った先にしたのは、内神田側の土手には柳が植えられ、人目から逃れられる樹陰があったからである。

「あのときも、いまごろだったな」

市之介は、夕映えに染まった新シ橋を見つめながらつぶやいた。川上屋敷から谷左衛門を尾行したときも、辺りは夕映えに染まっていたのだ。

「泉次と会ったのも、この橋ですぜ」

茂吉が言った。

「そうだな」

市之介が、あらためて橋上に目をやった。

そのとき、淡い蜜柑色の夕映えのなかに、黒い人影が浮かび上がった。泉次である。こちらに走ってくる。

「旦那、泉次だ！」

茂吉が樹陰から飛び出した。市之介も樹陰から出て、橋のたもとへ走った。

「だ、旦那、来やす！」

泉次が声をつまらせて言った。顔が紅潮し、ハア、ハア、と荒い息を吐いている。走りづめで来たらしい。

泉次によると、谷左衛門が店を出て、こちらに向かったのを確認してから先まわりしたという。

「谷左衛門ひとりか」

市之介が訊いた。

「若い衆《し》をひとり連れていやす」

「そうか」

市之介は、鶴乃家で使っている若い衆か子分であろうと思った。

「あっしらも、手を貸しやすぜ」

茂吉が、腕捲《まく》りをしながら言った。

「いや、手を出すな」

市之介は、若い衆が抵抗すれば斬るし、逃げれば逃げたでいいと思った。店の若い衆や子分まで始末することはないのである。

「だ、旦那、来やした！」

泉次が橋上を指差した。

夕映えのなかに、黒いふたつの人影が浮かび上がった。若い男と谷左衛門である。

ふたりは、足早に橋を渡ってくる。

「やろう！」

茂吉が、意気込んで樹陰から飛び出そうとした。

「慌てるな。橋を渡り終えてからだ。ふたりは橋にまわり、逃げ道をふさいでくれ」

市之介は、茂吉と泉次の手を借りることはないとみていたが、念のためである。

谷左衛門と若い男が、橋上にくっきりと浮かび上がったように見えた。ふたりの姿がしだいに近付いてくる。

ふたりが橋を渡り終え、柳原通りへ足をむけたとき、市之介は樹陰から走り出た。

谷左衛門と若い衆は、そのまま歩いてくる。まだ、市之介に気付いていない。

市之介が十間ほどに迫ったとき、谷左衛門は走り寄る足音を耳にしたらしく、振り返ってギョッとしたように立ちすくんだ。

「てめえは！」

谷左衛門が叫び声を上げ、反転して逃げだそうとした。

だが、その足がとまった。背後に走り込む泉次と茂吉の姿を目にしたらしい。

「政吉《まさきち》、殺《や》っちまえ」

谷左衛門が怒鳴った。料理屋のあるじらしからぬ伝法な物言いである。やくざの親分の地が出たらしい。

「へい！」

政吉と呼ばれた若い衆が、懐から匕首《あいくち》を抜いた。興奮と恐怖で顔がこわばり、目がつり上がっている。

市之介は疾走した。走りながら左手で刀の鯉口を切り、右手で柄を握った。

「やろう！」

政吉が、匕首を手にしてつっ込んできた。

すかさず、市之介が抜刀した。

ヤアアッ！

政吉が悲鳴とも気合ともつかぬ甲高い声を発し、右腕を伸ばして匕首を突き出した。市之介の胸のあたりを突こうとしたらしい。だが、腰が引け、切っ先は市之介にとどかなかった。

タアッ！

鋭い気合とともに、市之介が刀身を一閃させた。切っ先が突き出した政吉の右腕をとらえ、骨肉を断つ手応えがあった。

ギャッ！　という絶叫とともに、政吉が身をのけ反らせた。右の前腕が垂れ下がり、截断された腕から血がほとばしり出た。政吉は恐怖に顔をゆがめて、後じさった。前腕から、赤い帯のように血が流れ出ている。

市之介は、政吉にかまわず谷左衛門に迫った。政吉は柳原通りの方へよろめきながら逃げていく。

ヒイイッ、と谷左衛門は喉の裂けるような悲鳴を上げ、反転して橋の方へ駆けだした。背後にまわり込んでいた茂吉と泉次が、谷左衛門の前に立ちふさがろうとした。

するると、谷左衛門は走りざま懐から匕首を抜いた。目をつり上げ、歯を剝き出した凄まじい形相で、茂吉と泉次に迫っていく。

茂吉と泉次は後ろへ逃げた。ふたりは、谷左衛門の迫力に呑まれたらしい。それに、素手《すで》だったのである。

谷左衛門が橋上まで逃げてきたとき、市之介が追いついた。谷左衛門はすぐ後ろに市之介が迫っている気配を感じ、橋の欄干を背にして足をとめた。苦しそうに顔をゆがめ、ハァハァと荒い息を吐いている。

「谷左衛門、逃げられんぞ！」

市之介が切っ先をむけた。

「ちくしょう！」

叫びざま、谷左衛門は匕首を振り上げた。おとなしく捕らえられる気はないようだ。

陽が沈み、西の空が血を流したような茜色の残照に染まっていた。振り上げた谷左衛門の匕首が、血塗れたように赤くひかっている。

「谷左衛門、神妙にしろ！」

「こ、殺してやる!」

谷左衛門が吼《ほ》えるように叫んだ。

「やむをえん」

市之介が、刀身を袈裟に一閃させた。

ザックリ、と谷左衛門の肩から胸にかけて裂けた。傷口から血が奔騰《ほんとう》し、首筋から胸にかけて赤く染まっていく。

谷左衛門は唸り声を上げて後じさり、腰を欄干に付けて足をとめた。それ以上は下がれなかったのである。

「こ、殺してやる!」

谷左衛門は、憤怒《ふんぬ》の形相で匕首を振りかざした。腕がワナワナと震え、手にした匕首が残照を乱反射して、にぶいひかりを投げている。

市之介が八相に構えて、一歩踏み込んで斬り込もうとしたときだった。

谷左衛門は市之介の斬撃を受けようとして、伸び上がるように背を伸ばした。その瞬間、谷左衛門の上体が後ろに大きくかたむいた。

ワアッ! という叫び声を残し、谷左衛門の体が欄干の向こうに落ちた。ザブン、という水音とともに、川面で水飛沫が上がった。

市之介は欄干に手を置いて、川面に目をやった。

谷左衛門は水中でもがき、バシャ、バシャと水飛沫を上げていた。谷左衛門は、四肢で水面を掻《か》き乱しながら流れていく。

谷左衛門は流れながら沈み、川面に乱れた波が立つだけになった。

いっとき、谷左衛門の黒い姿が水中に見えていたが、やがて、その姿は遠ざかり、流れのなかに呑み込まれた。

「旦那、始末がつきやしたね」

茂吉が、つぶやくような声で言った。

市之介は無言で川面に目をやっていた。残照を映じた川面が、淡い茜色の波の起伏を無数に刻んでいた。神田川の流れは彼方までつづいている。

橋上はひっそりとして、いつまでも川の流れの音だけが聞こえていた。

6

戛《かつ》、戛《かつ》、と木刀を打ち合う音がひびいた。

市之介と彦次郎が、青井家の庭で木刀を手にして剣術の稽古をしていたのだ。市

之介たちが、谷左衛門を始末して半月ほど過ぎていた。この日、彦次郎が剣袋に入れた木刀を手にして青井家に姿を見せ、

「お師匠、一手ご指南をいただきたいのですが」

と言って、剣術の指南を懇願したのである。

これまでも、彦次郎は市之介から剣術の指南を受けていたが、此度《こたび》の事件の探索にかかわったために稽古を休んでいた。もともと市之介は指南に乗り気でなかったので、これ幸いと指南の話はしなかったのだ。それに、彦次郎には剣術にことよせて、佳乃に逢いたい下心もあるようなのだ。

彦次郎は勇ましい扮装《いでたち》だった。白鉢巻きに白襷。袴の股だちをとり、足元を武者草鞋《わらじ》でかためている。稽古は庭でやるので、武者草鞋を持参してきたのだ。

一方、市之介は襷で両袖を絞り、袴の股だちをとっただけである。

イヤアッ！

甲声を上げ、彦次郎が真っ向へ打ち込んできた。

オオッ！

と声を上げて、市之介が彦次郎の打ち込みをはじいた。

勢い余った彦次郎が体勢をくずして泳ぐところを、市之介が、エイッ！　と気合

を発して、面に打ち込んだ。

市之介の木刀の先が、彦次郎の頭上でピタリととまった。手の内を絞って、木刀をとめたのである。

「い、いま、一手！」

彦次郎が声を上げて、木刀を青眼に構えた。

「よし！」

市之介は八相に構えた。

そのとき、障子のあく音がし、佳乃が縁先に姿を見せた。佳乃は湯飲みを載せた盆を手にしている。佳乃だけではなかった。後ろから、つるも縁側に出てきて、庭で木刀を振っている市之介たちに目をむけた。

「兄上、佐々野さま」

佳乃が縁側に座して声をかけた。

「一休みなさいませ。冷たい水を用意しました」

「それは、ありがたい」

市之介は木刀を下ろした。

佳乃は茶ではなく、水を持参したようだ。以前、市之介が、稽古の後は茶より水が旨《うま》い、と話したからであろう。

「彦次郎、一休みしよう」

「はい」

彦次郎は、額に浮いた汗を手の甲で拭いながら言った。稽古で木刀の先を合わせたときより、目にかがやきがある。佳乃と顔を合わせて、気が昂《たかぶ》っているのであろう。

市之介と彦次郎は縁先に腰を下ろすと、すぐに湯飲みに手を伸ばした。

「旨い！」

市之介が喉を鳴らして一気に飲み干した。

「馳走になります」

そう言って、彦次郎も湯飲みをかたむけた。遠慮して、静かに飲んでいる。それでも、喉が渇いていたらしく、湯飲みの水を飲み干した。

佳乃の後ろに座して、ふたりの飲みっぷりを見ていたつるが、

「佳乃、もう一杯、お持ちしたらどうです」

と、小声で言った。いつものようにやわらかな物言いである。

「は、はい」

佳乃は慌てて腰を上げ、市之介と彦次郎の湯飲みを盆に載せて引き下がった。

いっときして、佳乃が盆を持って縁側にもどり、市之介たちの方へ顔をむけた。男たちの話にくわわるつもりのようだ。

彦次郎は湯飲みを手にして冷水を飲み干した後、膝の上で湯飲みを握りしめたまま、

「お師匠、事件の始末もつきましたし、これからは休まず稽古をつづけさせていただきます」

と、佳乃にも聞こえるような声で言った。

「うむ……」

市之介は黙っていた。彦次郎の師匠になったつもりはないが、稽古に来るなとは言えなかったのだ。

「兄上」

佳乃が声をかけた。

「なんだ?」

「わたしにも、剣術の指南をしていただけませんか」

佳乃が目を瞠《みひら》いて言った。白い頬が紅潮して、紅葉色《もみじいろ》に染まっている。

「剣術の指南だと！」

思わず、市之介が声を上げた。思ってもみないことだった。これまで、佳乃が剣術を身につけたいなどと口にしたことはなかったのだ。

「女でも、武芸を身につけることは大事かと思います」

佳乃が身を乗り出すようにして言った。

「だめだ、だめだ。女の身で剣術など、嫁のもらい手もなくなるぞ」

市之介は、認めるつもりはなかった。女の身で武芸など身につける必要はないと思ったし、それに佳乃の魂胆は分かっていた。剣術の稽古がしたいのではなく、彦次郎といっしょにいたいだけなのだ。

……若いふたりのだしに使われてはたまらない。

と、市之介は思った。

「兄上、薙刀《なぎなた》か小太刀《こだち》はどうでしょうか。いざというときに、お役に立てることがあるかもしれません」

さらに、佳乃が言った。

彦次郎は戸惑うような顔をして視線を膝先に落としていた。佳乃と並んで木刀を振っている己の姿を想像し、めめしい、と思ったのかもしれない。

「薙刀も小太刀も、だめだ」

市之介が渋い顔をしていると、

「佳乃、どうだろうねえ」

つるが、間延びした声で口をはさんだ。

「剣術の稽古は後にして、佐々野どののともごいっしょして、みんなで浅草寺《せんそうじ》にでもお参りにいかないかい。帰りにおいしいものでも食べて、ゆっくりしてきましょうよ」

つるが目を細めて言った。市之介と彦次郎に助け船を出したつもりらしいが、自分でも遊山に行きたいのである。

「母上、そうしましょう」

佳乃が、すぐに承知した。

「うむ……」

市之介はさらに渋い顔をして低い唸り声を洩らした。

つる、佳乃、それに彦次郎もくわえた三人の遊山のお供をするのは、剣術の稽古以上にたまらないと思ったのである。


（了）

本書は書き下ろしです。

実業之日本社文庫 と22

茜色《あかねいろ》の橋《はし》 剣客旗本奮闘記《けんかくはたもとふんとうき》

2011年8月15日 初版第一刷発行

著 者 鳥羽《とば》 亮《りょう》

発行者 村山秀夫
発行所 株式会社実業之日本社
〒104-8233 東京都中央区銀座 1-3-9
電話 [編集]03(3562)2051 [販売]03(3535)4441
ホームページ http://www.j-n.co.jp/
印刷所 大日本印刷株式会社
製本所 大日本印刷株式会社

フォーマットデザイン 鈴木正道(Suzuki Design)

ISBN978-4-408-55047-3（文芸）